ベリーズ文庫

財界帝王は逃げ出した政略妻を猛愛で満たし尽くす【大富豪シリーズ】

佐倉伊織

STARTS
スターツ出版株式会社

目次

財界帝王は逃げ出した政略妻を猛愛で満たし尽くす【大富豪シリーズ】

財界帝王は逃げ出した政略妻を猛愛で満たし尽くす【大富豪シリーズ】

プロローグ

「んっ……」

波の音しか聞こえてこないバルコニーで、背中から私を抱きしめる彼に首筋を食(は)まれて、思わず声が漏れる。

「顔、見せて」

顎(あご)をすくわれて重なった唇は、たちまち甘美なしびれを誘う。

どこまでも続く海の水面を照らす霽月(せいげつ)が、私たちの深いキスを見守っていた。

息が苦しくて顔をそむけると、両頬を大きな手で包まれて熱いまなざしに捕まる。

たちまち心臓が大きな音を立て始め、彼の耳に届いてしまわないか心配になった。

「逃げるなよ」

彼の形の整った唇から飛び出した言葉にゾクッとしてしまうのは、私を見つめる艶(あで)やかな表情が情欲をかき立ててくるからだ。

「逃げて、なんて……」

彼は風になびいて顔を覆った私の長い髪をそっと耳にかける。そして熱い視線で私を縛った。

「逃がさないけど」

彼はまるで獲物を食らうかのように少し乱暴に私の唇を貪る。舌で唇をこじ開け、温かいそれで口内を犯し始めた。

私の髪に手を入れて頭を引き寄せる彼から、もっと、と求められている気がして、激しいキスに没頭していく。

骨抜きにされるというのは、こういうことを指すのだ。

そう思わせる情熱的なキスに、全身が熱くて溶けてしまいそうだった。

ようやく唇を離した彼は、関節の太い男らしい指で私の唇をそっと撫でる。その姿が艶めかしくて、鼓動がこれまでにないほど速まっていく。

「なあ、どれだけ煽るつもり？」

「煽る？」

煽っているのはあなたのほうよ。

「こんなに全身真っ赤にして」

彼はそう言ったあと、頬に軽く唇を押しつけ、そして耳朶を食んだ。

「あっ……」

たったそれだけで甘い声が漏れてしまい一歩あとずさると、手すりにぶつかって身動きが取れなくなる。

「君は捕まえておかないと、この大海原に飛び込んで遠くに行ってしまいそうだ」

彼はそう言うと、私に真摯なまなざしを注ぐ。

「悪いけど、どこにも行かせないよ。俺をこんな気持ちにさせておいて、逃げるような悪い女じゃないだろ？」

悪い女って……。

いや、彼の言う通り悪い女……かもしれない。だって私は……。

「今夜は、俺に堕ちろよ」

耳元で甘くささやかれ、全身がますます火照っていく。恥ずかしくてたまらないのに、一方で彼を求める気持ちがあふれ出てきて止まらない。

「抱いて……。あなたでいっぱいにして」

なにもかも忘れて、あなただけに没頭したいの。

そう懇願すると、彼は一瞬目を見開いたものの、すぐに余裕の笑みを浮かべる。

「言われなくても、俺しか見えなくしてやる」

私を軽々と抱き上げて部屋の大きなベッドに下ろした彼は、再び熱い唇を重ねた。

守りたいもの

「梢。なんだこれは」

　製茶の合同会社『花月茶園』で働く、私、長谷川梢は、店舗の奥にある従業員の休憩室で伯父に詰め寄られている。

　東京の下町で創業した大正時代からあるという年季の入ったちゃぶ台に書類を叩きつけた伯父は、怒りのまなざしで私を貫いた。

「なんだと言われましても……」

　言葉を濁すと、伯父が白髪交じりの髪をかきむしって怒りをあらわにし、体を乗り出してくるので、恐怖で息が止まりそうになる。五十六歳になる伯父は、体は細いが力はあるのだ。

　現在、花月茶園の全権利を握る代表であり社長の伯父は、意に沿わないことがあるとすぐに感情を爆発させる。

「なぜこんなに売り上げが落ちているのか聞いているんだ！」

　花月茶園の売り上げは、去年と比べると七割程度まで落ち込んでいる。それも、利益優先の伯父が一年ほど前に茶葉の品質を下げ、大口の顧客から契約を切られてしまったせいだ。

「『エール・ダンジュ』の売り上げがなくなったのが響いているんです」

エール・ダンジュは、有名な洋菓子店だ。白金台にある本店はいつも行列ができており、うちの会社が卸した抹茶を使ったデザートも大好評で、年々売り上げを伸ばしていた。

しかし、苦みが強く旨みの少ない抹茶が、一流のパティシエのお眼鏡に敵うはずもなく、あっさり契約終了となったのだ。

私がありのままを伝えると、伯父の目がいっそう鋭くなる。心臓をひと刺しされそうな尖った視線に、これまで何度震えてきたことか。

けれど、負けるわけにはいかない。

「だったら、契約を取り返してこい！」

「今のうちの抹茶では無理です。あちらはプロなんです。品質が落ちたことにすぐに気づかれました」

そう言い終わった瞬間、伯父の手が伸びてきて胸倉をつかまれる。以前手を上げられたことがあるせいでひるみそうになったが、負けてはならないと視線をそらさずこらえた。

「俺が悪いみたいな言い方だな」

「皆、茶葉の変更に反対した――」

「口答えするな！」

乱暴に手を離された反動で畳に倒れ込んでしまうも、顔を上げる。

「暴力はやめてください」

「大きな口を叩ける立場か！ これ以上売り上げが減るなら、会社は畳んで売り払うぞ」

「そんな……」

伯父は、意地悪な笑みを浮かべて口を開く。

「そもそも先代が死んだときに、そうするつもりだったんだ。そうすりゃ大金が舞い込んだのに……。それを泣いて止めたのはどこのどいつだ」

泣いた覚えはないけれど、この店と隣にある工場を更地にして土地を売ると聞いて、存続してほしいと土下座はした。

婿入りして花月茶園を継ぐはずだった父を五歳のときに事故で、母を八歳のときに病で失い、それからは母方の祖父が私を引き取って、店の裏にある家で育ててくれた。

祖母は私が生まれる前に亡くなっており、母親役はいなかったけれど、茶葉の仕入れを担う忠男さんをはじめとする、花月茶園の従業員たちにかわいがられて育った。

しかし、十六歳のときに祖父まで亡くなり、相続人として伯父が現れてからめちゃくちゃになってしまった。

ギャンブルにのめり込み仕事が長続きしなかったという伯父は、祖父とも折り合いが悪く、若い頃に家を出てからはまったく実家にも寄りつかなかったという。

しかし、まだ高校生だった私には会社経営などできず、初対面の伯父に店の権利を譲るしかなかった。それしか会社存続の道がなかったのだ。

私は高校を卒業したあと二十七歳の今日まで、この店を守るべく必死に働いてきた。主に営業を担当しているが、できることはなんでもしている。

一方、伯父は店に愛着などまったくない。都市開発のおかげで土地の価格が上がっているここを売り払いたいばかりだ。

小さな工場と小売りのための店舗をひとつ持つだけで、従業員も十名しかいない会社ではあるけれど、大正時代から親しまれてきたこの花月茶園には、常連客も多い。親子三代にわたって通い続けてくれる人もいれば、遠くは九州から注文を入れてくれるお客さままでいる。そんな店をつぶしたくはない。

先代──祖父は、よい茶葉を見極めて調合する職人である茶師の忠男さんとともに〝うまいお茶〟を求め続けてきた。

病に侵されて闘病中だった祖父から、『この店を守ってほしい』と涙ながらに訴えられたのも大きく、なんとしてでも守り抜きたい。

「お前、見た目だけはいいんだから、体を使ってエール・ダンジュの社長を落としてこいよ」

全身を舐めるように見られて、吐き気がする。

エール・ダンジュの須藤社長には、取引を始めたときに一度だけ面会したことがあるけれど、私のような若輩者の言葉にもうなずきながら耳を傾けてくれて、すこぶる紳士な方だった。一心に仕事に情熱を注ぐ彼が、そんな色仕掛けに引っかかるわけがない。須藤社長にも失礼極まりない発言だ。

「なんだ、その反抗的な目は。誰がここまで育ててやったと思ってる！」

伯父はそう言うが、私が生きてこられたのは間違いなく祖父のおかげだ。祖父が亡くなったあとは渋々後見人になってくれたが名ばかりで、世話になったことなど一度もない。私はずっと、祖父が残してくれた家でひとり暮らしをしている。

「何事ですか？」

伯父の訪問が見えたのだろうか。隣の工場から忠男さんが駆けつけてくれた。

彼は険悪な雰囲気を察したらしい。すぐさま私たちの間に割り込んで引き離してくれる。

「また梢ちゃんにあたってたんですか？　やめてくださいと言いましたよね」

「お前の首なんて、いつでも切れるんだぞ」

あろうことか、この店になくてはならない忠男さんに解雇をちらつかせるとは。彼がいなければ、うちの商売は成り立たないのに。

茶師として国内外に名をとどろかせる彼は、引く手あまただ。それなのに花月茶園にとどまってくれているのは、お茶に生涯をかけ、店の歴史をつなごうと奮闘した祖父の信念に共感してくれているからなのに。

「忠男さんがいない花月茶園なんてありえません」

「だったらつぶせ」

話はどこまで行っても平行線だ。先人が大切に守ってきたこの店を、お金のためにあっさり手放せる伯父とは、理解し合えそうにない。

「私の目が黒いうちはつぶさせません」

忠男さんはきっぱりと言いきる。

「ふん、偉そうに。梢、最低でも前年と同じところまで業績を上げろ」

茶葉の品質を下げた伯父は、自分の責任は棚に上げて私に命じる。

一度失った信頼を取り戻すのは、並大抵の努力では足りない。もとの品質に戻したとしても、失った顧客は簡単には戻ってこないだろう。

しかし、やるしかない。

「わかりました。その代わり、お茶の品質に関しては忠男さんに一存してください」

そう伝えると、伯父の顔があからさまに険しくなる。

「は？　利益率が低いことをやってるから、売り上げが伸びていかないんだろ？」

「利益率が高い茶葉に入れ替えた結果がこれです」

伯父が持ってきた書類に手を置くと、胸倉をつかまれてしまった。

「それ以上やったら、警察呼びますよ」

「これはしつけだ」

慌てる忠男さんが間に入ってたしなめてくれたため、伯父は下品な舌打ちをして出ていった。

「梢ちゃん、大丈夫か？」

忠男さんが顔をしかめるのが、私もつらい。祖父が生きていた頃の花月茶園は、和気あいあいとした職場で、皆楽しく働けていたのに。

「大丈夫です。忠男さんまで巻き込んでごめんなさい。花月茶園には忠男さんが必要なのに」

彼がいなくなったら、それこそ店を存続できない。

正座して頭を下げると、すぐに肩を持ち上げられた。

「そんなことしないでくれよ。梢ちゃんは俺たちの娘のような存在なんだ。先代には世話になったし、一人前の茶師にしてくれたのも先代だ。一緒に店を守っていこうな」

「はい。ありがとうございます」

忠男さんの優しい言葉に、こらえていた涙がひと粒、頬を流れていった。

それから忠男さんはすぐに動いてくれた。ほかの従業員と相談して、以前取引をしていた茶畑から品質のいい茶葉を仕入れることにしたのだ。伯父の意に沿わないことをすれば、解雇を言い渡される可能性だってあるのに。

「本当にごめんなさい」

「梢ちゃんが謝ることはないよ。皆、花月茶園が大好きなんだよ。店を守りたいのは、梢ちゃんと同じ。だけど……伯父さんの機嫌を損ねたら、一番まずいのは梢ちゃんだろう？」

忠男さんが、さかんに心配してくれる。

「私はおじいちゃんの店が守れるなら、なんだってします」

両親が亡くなってから、生きてこられたのは祖父のおかげだ。

突然孫の一生を背負うことになったというのに、嫌な顔ひとつせず苦手な料理もこなしてくれた。なにより、花月茶園で真摯に働く最高にかっこいい背中を、病に倒れるまで見せ続けてくれた。

その祖父の、店の歴史をつないでほしいというたったひとつの願いを、絶対に叶えたい。

「……おじいちゃん、私に店を守ってほしいと言ったんです。だから、花月茶園はつぶさせません」

死を悟った祖父は、静かに涙を流しながら、私に店を頼むと訴えた。あのときの言葉が、私の胸に刻まれている。

「俺たちも店の存続をあきらめるつもりはない。とにかく、静岡に仕入れに行ってくる」

「よろしくお願いします」

忠男さんは、伯父に取引を断念させられるまでずっと取引していた静岡の茶畑に飛んでいってくれた。

伯父が店にやってきてから十日。

忠男さんのおかげで、品質のいいてん茶を確保できることになり、とにかく安心している。

てん茶は抹茶のもとになるもので、二十日以上日光を遮り、一本ずつ手で摘採した茶葉から作られる。

このてん茶の善し悪しが、花月茶園の抹茶の品質に直結するのだ。

どんな抹茶ができるのか、そわそわもするけれど楽しみでもあった。

これまでと同じ茶畑との取引ができると決まってから、私は営業に走り回っている。

よい品を製造できても、売れなければ意味がない。いずれ伯父に会社を畳まれてしまう。

エール・ダンジュの仕入れ担当者に改めて売り込んでみたが、別の業者と取引を始めたばかりで、簡単には切り替えられないと渋い顔をされた。

品質を下げて期待を裏切ったのは花月茶園のほうだし、伯父とのいざこざなんて取引先には関係ないので仕方がない。

なんとか新しい抹茶のサンプルは受け取ってもらえるという約束を取りつけたけれど、先行きが明るくないのをひしひしと感じた。

新規先も何軒か飛び込みで回ったものの、残念ながらひとつも成果を上げられない。現実は甘くないと肩を落としながら十七時過ぎに店に戻ると、休憩室で伯父が待ち構えていて顔が引きつった。

「こんなに遅くまでどこで油を売ってたんだ」

「営業です」

失礼な物言いに内心腹を立てながら、冷静を装って対面に座る。

「それで、契約取れたのか？」

「そんなにすぐには……」

正直に伝えると、盛大なため息を落とされて体を硬くする。伯父の前では堂々としていようと思っても、以前、ギャンブルに使うために店の売上金を持ち出そうとした伯父を止めた際、手を上げられたからか、勝手に体が反応するのだ。

けれど、意外にも伯父は威嚇(いかく)してくることなく、意味ありげな笑みを浮かべた。

「お前にいい話を持ってきてやったぞ」

「なんでしょう」

いい話のわけがないと思いつつ尋ねる。

「うちに資金援助してくれる人が現れた」

「資金援助？」

「先方は、花月茶園を大変気に入ってくださっている。経営が苦しいのであれば、援助してもいいと」

「本当ですか？」

だとしたら最高だ。

でも、こんなうまい話があるだろうか。なにか裏があるのではないかと勘ぐる。

「本当だ。先方は世界を股にかける大企業で、うちの茶葉を使った事業を展開したいと望んでいる」

「そんな会社が、うちの茶葉を？」

もっと有名な製茶会社はいくらでもあるのに、見つけてもらえたのは光栄だ。

「努力が認められて、鼻が高いな」

にたにたしながら話す伯父に腹が立つ。その血のにじむような努力をあっけなく壊したのは、間違いなく彼なのに。

私が黙っていると伯父は続ける。

「商品開発に全面的に協力することが条件だ」

「もちろんです。なんでもします」

何代にもわたりつないできた花月茶園の歴史はもちろん大切だ。けれど、時代に合わせた変化は必要で、私がここで働くようになってから、フレーバーティの開発などにも積極的に取り組んでいる。若い世代には伝統的な緑茶よりこちらのほうが受けがよく、それで売り上げを伸ばしてきた面もあるのだ。

だから、商品開発には従業員の誰もが意欲的で、問題はない。

「うちの茶葉が必要な会社って……食品会社なのですか？」

「いや。不動産関係だ」

不動産会社がどうしてお茶を必要とするのだろう。

「お茶と関係あります？」

「そこは俺も知らん。不動産以外の分野にも手を出すつもりなんじゃないか」

「そうですか……」

これから事業展開していくつもりであれば、その内容について簡単に明かせないのかもしれない。いわゆる企業秘密というものだ。

「先方の希望は、商品開発の協力だけですか？　資金援助の返済については……」

花月茶園の今後にとって大切なことなので聞いておきたい。

「うちの茶葉を使った事業がうまくいけば、返済は十年でも二十年でも待ってくださると。裏を返せば、事業がとん挫したときは、すぐに返済を迫られるということだ」

伯父の言葉に納得しながらも、ぴりっと気が引き締まる。

「それでだ」

伯父はちゃぶ台にひじをついて手を組み、緩んだ口元を隠してから話し始めた。

「こちらからも条件をつけた」

「どうして条件なんて……」

助けてもらう側なのに、条件って……。傲慢にもほどがある。

「梢だって、この店をつぶしたくないんだろう？　俺の機転に感謝してもらいたいくらいだ」

伯父は誇らしげに言うけれど、あちらを怒らせてなかったことにされたらどうするつもりだったのだろう。

「その条件というのは？」

「お前、嫁に行け」

「嫁？」

唐突に話が飛んで、理解できない。

「そうだ。あちらの社長には、三十三になる息子がいるそうだ」

三十三歳ということは、二十七歳の私より六歳年上だ。

「その方に嫁げと？」

「そうだ。お前は人質だ。簡単に手を切られないように努力しろ」

妻の実家であれば、援助打ち切りが容易にできなくなると踏んでいるようだ。

「あちらは、納得されたのですか？」

「どうもその息子は、女に興味がないらしくてな。仕事を成功させるためなら、結婚してもいいと。男が好きなんじゃないのか？」

助けてくれる相手をばかにしてにやにや笑う伯父に、反吐（へど）が出そうだ。

……つまり伯父は、政略結婚をしろと言っているのだろう。

これまでまともな恋愛ひとつせず、仕事に没頭してきた。でも、いつか素敵な人と恋をして結ばれたいという気持ちは、ずっと心の中にある。

それなのに、見ず知らずの男性と、自分の知らないところで結婚話が進んでしまうなんて。

とはいえ、断れば援助の話自体がなくなるかもしれない。もしくは伯父の懸念通り、事業がうまく軌道に乗らなかった暁(あかつき)には、一気に返済を求められて経営が立ち行かなくなる恐れもある。

私さえ素敵な男性と恋に落ちて結ばれるという淡い夢を捨てれば、祖父の願いも叶えられるし、忠男さんたち従業員のこの先も安泰だ。

けれど、簡単に覚悟なんて決まらない。

「どうやら跡取りが欲しいらしいぞ。お前が何人か産めば縁が強くなる。花月茶園の歴史も続くってわけだ」

たしかに子はかすがいだと言うけれど、ビジネスのための子づくりでは生まれてくる子があまりに不憫(ふびん)だ。

私は幼い頃に父も母も亡くしてしまったけれど、両親はいつだって私のことを考えてくれた。私の心には、ふたりからもらった愛が間違いなくある。

夫婦双方が子を欲しいと望み、そして生まれてきた子は無償の愛を注がれる存在であるべきなのに。

「結婚したらすぐに夫を誘え。子ができるのは早ければ早いほうがいい。飽きられる前にな」

「そんな……」

「せっかく俺がいい話を持ってきてやったのに、そのふてぶてしい面(つら)はなんだ。業績悪化を嗅ぎつけた銀行が、融資を断ってきたというのに」

「嘘(うそ)……」

資金繰りについては伯父が一切の権限を持っており、私も教えてもらえない。知っているのは、売り上げの推移だけ。そんな状況に陥っているとは、言葉も出ない。

「お前はこれから巻き返すつもりらしいが、今さら遅いんだよ。店をつぶして土地ごと売るか、嫁に行って子をつくるか、どちらか選べ」

花月茶園を売りたがっている伯父は、銀行に頭を下げることなんて絶対にしないはず。だとしたら、会社を存続させるにはひとつしか選択肢がない。

「……わかりました。結婚します」

威勢よく返事をしたもののこれが現実だとは受け止めきれず、まるで夢の中にいるようだ。心が理解することを拒んでいるかのように。

けれど、美味な茶づくりに生涯をかけた祖父、そして今もこの店に愛を注ぎ続ける従業員たちの希望を摘むわけにはいかない。

「話がわかるじゃないか。それじゃあ、お相手に了承の返事をしておく。相手についてくわしくは……」

「特に必要ありません」

私は即答した。

すでに結婚は決まったのだ。相手がどんな人であろうと関係ない。

政略結婚をあっさり受け入れるくらいなのだから、結婚を重要視していないのは間違いないだろう。

傾いた店に資金援助できるほどの会社の御曹司であれば、きっと引く手あまたのはずだ。それなのに、あっさり愛のない結婚を選択するということは、結婚するにはなにか重大な欠陥があるのかもしれない。

もしかしたら伯父が言ったように、女性には興味がない可能性もある。あるいはひどく冷酷で、手を上げるとか……。

いや、結婚そのものに興味はないけれど、会社の跡取りだけは欲しいと思っているのかもしれない。だとしたら、私は子を産む道具のようなものだ。

そう考えだしたら、相手の人となりを知るのは今でなくてもいいと思ったのだ。どれだけ嫌でも逃げられないのだから。

「そうか。それじゃあ、結婚式の日取りが決まったら連絡する」

「結婚は受け入れますから、伯父さんはもう会社の方針にはかかわらないで」

思いきって伝えると、伯父の眉尻が上がる。

「生意気な」

伯父が手を振り上げるので、私はその手を止めた。こんなふうに反抗したのは初めてだったが、この先店の存続の鍵を握るのは、伯父ではなく結婚相手だ。もう遠慮はしない。

叩かれた記憶がよみがえり、体が震えそうになるも必死にこらえて、伯父の目をじっと見つめて口を開く。

「お願いします」

「ふん。好きにしろ」

あきれ返ったような伯父は、私をにらんで出ていった。

政略結婚を言い渡されて一カ月。私はインド洋に浮かぶ千二百近くの島からなるモルディブにいた。

突然決まった結婚に忠男さんは驚き、結婚の裏にある事情にすぐに気づいた。『会社はなんとかするから断りなさい』と何度も言われたけれど、銀行から手を引かれたのが事実だとわかり、もう迷わないことにした。

結婚式は三カ月後の春先を指定されたものの、お相手は忙しいらしく、まだ顔合わせすらしていない。

挙式のために着物でもドレスでも好きなものを選んでおいてほしいと伯父を通して連絡が来ているため、白無垢(しろむく)にしようと決めた。祖母も母も白無垢で花嫁になったからだ。

そんな私がモルディブを訪れたのは、最後の自由を満喫するため。こつこつ貯めていた貯金をはたいて、四泊六日の現実からの逃避行だ。

行き先をモルディブにしたのは、海が好きだということと、広大な海に浮かぶ水上ヴィラ一棟をひとりで貸し切りできると知ったからだ。

私が選んだのは、日本の企業が経営している『グランディス』という名のヴィラだ。モルディブは基本、一島一リゾート。宿泊だけでなくアクティビティも充実していて、島の中だけで十分楽しめる。

この島自体は小さいけれど、サービスが行き届いていると評判だ。

案内された水上ヴィラは、どこまでも続く海と空に囲まれた、開放的な宿泊施設だった。

私が予約した部屋は決してランクが高いわけではないのに、眺望が最高だ。広々としたベッドルームは窓の外がもう海で、そのまま飛び込めそうなほど。

リビングルームやバスルームからも海が一望でき、全室オーシャンビューという豪華さ。バルコニーはとんでもなく広いし、専用のプールまでついている。

「すごい……」

想像以上の贅沢さに驚きながら、キングサイズのベッドにダイブした。

モルディブは、ハネムーン先としての需要が高いため、カップルの姿ばかりだ。私のようにひとりで訪れる人は珍しいらしく、ホテルマンにも驚かれてしまった。

成田からスリランカを経由して約十三時間。ヴィラに到着したときにはすでに日が落ち始めていたが、水上ヴィラの照明が海面に反射し、幻想的な雰囲気を醸し出しており、目を奪われた。

俄然（がぜん）、太陽の下で見る広大な海の景色に期待が高まる。

モルディブは、昼間暑いこともあってか、夜間に活動する人も多いという。この島の宿泊客は日本人が多く治安もよいようなので、早速レストランに行ってみることにした。

お気に入りの淡いブルーのマキシ丈ワンピースに着替え、レストラン棟まで木製の橋を進む。昼間はこの橋の下に魚が泳いでいるところが見えるようだけれど、さすがに暗くてわからなかった。

レストランは四カ所。アジア料理、日本料理、イタリア料理、そして現地のモルディブ料理をチョイスできる。

せっかくだからと、モルディブ料理の店に入ってみることにした。

席に案内されたあと、魚のカレーを注文した。インドが近いことから、カレーがおいしいとなにかで読んだからだ。

料理を待つ間、周囲の人たちに視線を送る。やはりカップルだらけで、私のような一人旅の人は皆無だった。

なんとなくいづらいけれど、そんなことを気にしていては楽しめない。

しばらくすると、リゾート地にそぐわないスーツ姿の背が高い日本人男性が、レストランの従業員と流ちょうな英語で会話をしながら現れた。

私の近くの席に座った彼は、すぐさまジャケットを脱ぎ、さらには濃紺と淡いブルーのレジメンタルタイに指をかけて引っ張り、外している。

三十歳くらいだろうか。くっきりした二重の目に、癖をうまく生かして流した前髪。スーツ姿でなければ、リゾート地に撮影に来たモデルと間違えそうなほど整った容姿をしている。

仕事なのだろうかと気になったけれど、私以外にもおひとりさまがいて少しホッとした。

お茶の繊細な味がわからなくなるのを嫌い、普段はほとんど口にしないアルコールも、今日は解禁だ。とにかくモルディブにいる間は、なにも気にせず思うままに過ごそうと決めている。

カレーに入っている魚はカツオだという。見た目はさらさらしており、あっさりしているのだろうと高をくっていたが、これがスパイシーでかなり辛い。ひと口食べただけで額に汗がにじみだす。

「辛すぎる……」

辛いを通り越して、火を噴きそうなほど口内が熱い。

私は慌ててビールを喉に送った。

とはいえ、せっかく作ってもらったものを残すのは忍びなく、汗をかきつつ涙目になりながら必死に口に運んでいると、テーブルに頼んでいない料理が置かれて首を傾げる。

頼んでいませんよという意味で、ウエイターに手を振ってみたけれど伝わらず、にっこり微笑むだけで去っていった。

「あっ、あのっ……」

立ち上がって料理を返そうとすると、スーツ姿の男性に「間違ってませんよ」と声をかけられた。

「えっ？」

「それは魚を使ったバジャというモルディブ料理です。甘辛いので食べやすいかと。カレー、辛すぎるんじゃないですか？」

まさか、辛くて食べるのに苦労していることに気づかれているとは。彼が注文してくれたようだ。

「お気遣いありがとうございます。お代を……」

私がそう言うと、彼は首を横に振る。

「気にしないでください。モルディブを存分に楽しんでいただければ」

「ですが……」

「それじゃあ、ご一緒してもいいですか？　カップルだらけで落ち着かなくて」

彼がそんなふうに言うので、笑みが漏れた。

「もちろんです」

手を上げてウエイターに合図した彼は、料理を私の席まで運ばせると、四人掛けのテーブルの対面の席に座った。

「乾杯しましょうか。ビールがお好きなんですか？」

「モルディブのお酒をよく知らなくて……」

「モルディブはイスラム教の国なので、飲酒は禁止されているんですよ」

「えっ！」

苦しい状況から逃れたい一心で、勢いで来てしまったので、深い知識がない。まずいことをしたと焦ると、彼は笑っている。

「リゾート地は飲み放題です。そうじゃないと、もうからないでしょう？」

お茶目に笑う彼は、初対面なのにとても話しやすい。

「たしかに」

「それじゃあ、俺もビールにしよう」

ミネラルウォーターを飲んでいた彼は、改めてビールを注文し、乾杯することにした。

「俺は、神木健人（かみきけんと）といいます。お名前を聞いても？」

「長谷川梢です」

「長谷川さんか。それじゃあ、長谷川さんとの出会いに、乾杯」

彼がグラスを軽く持ち上げるので、私も同じようにする。

「はー、うまい」

おいしそうにグビグビとビールを喉に送った彼は、満足げな笑顔を見せる。

「これ、食べてみて？」

「はい、いただきます」

神木さんが注文してくれたサモサに似たバジャを口に運ぶ。ほんのりレモンが効いたそれは皮がパリパリで、スパイシーではあるけれど辛すぎず食べやすい。

「これ、好みの味です」

「バジャはヘディカという料理の中のひとつで、一番人気かな。あとでプディングケーキも食べてみる？　これは名前の通り甘いケーキのようなヘディカなんだ」

「ぜひ」

私が声を弾ませると、彼はさらに別の料理を追加した。

「あんまり辛くないのを頼んでみたから、食べてみて」

「私のために？　そんな、お気遣いなく」

「せっかくモルディブに来たんだから、好きになって帰らないと」

すぐにやってきたガルディヤという魚のスープは、モルディブの伝統料理のようだ。

「ちょっと味が薄いよね」

「あはっ、お塩が欲しいかも」

とはいえ、出汁を好む日本人好みの味だと思う。

その直後、大きなロブスターのグリルが出てきたので目を丸くした。

「ちょうどロブスターが入ったって聞いたから、焼いてもらったんだ。遠慮なく食べて」

「私、あまり予算がなくて……」

恥ずかしいけれど正直に伝えると、彼は笑っている。

「もちろんごちそうするよ。俺、ここには仕事で来てるんだけど、ストレスのたまることばかりで。でもそれを発散できる話し相手もいなくて……長谷川さんは俺に捕まったってわけ。だから、話し相手になってもらえるお礼」

話し相手になるだけでロブスターを食べられるなら、いくらでもなる。

「ですけど、さすがに……」

「もう頼んじゃったし。食べて食べて」

神木さんが取り分けてくれるので、お言葉に甘えることにした。

しかし、せっかく作ってもらったカレーを残すのも忍びなく、ロブスターの合間に口に運んでいると、彼がくすくす笑う。

「無理して食べなくても。残しては?」

「私が辛いものが苦手なだけで、現地の人にとってはごちそうなんですよね。それなのに残しては、料理人の方に申し訳ないですから」

正直に伝えると、彼は一瞬目を見開いたあと微笑んだ。

「優しいんだね」

「いえ、食い意地が張ってるんです」

そう答えると、白い歯を見せた彼は「手伝うよ」と言いながら、私の皿からカレーを半分くらい自分の皿に移す。

「あっ、助かります」

「辛いもの得意だから、心配なく。ここのヴィラに宿泊してるんだよね」

「はい」

「友達と来てるの?」

「……そんなところです」

男性相手にひとりで来ていると明かすのもよくないと思い、あいまいに濁す。

「お仕事で来られているということは、モルディブにかなりおくわしいのですか?」

「まあ、そうだね。モルディブに関しては何年もかけて調査をしたし、それなりには」

「調査? なんのお仕事ですか?」

日本人がモルディブでどんな事業をしているのか、単純に気になった。

「リゾート開発かな」

「リゾート?」

「この島は、うちの会社が丸ごと開発したんだ」

「え!」

驚きのあまり大きな声が出てしまい、慌てて口を手で押さえた。

「それじゃあ、このレストランもヴィラも？」

「そう。だからロブスターも遠慮なく食べて」

平然としている彼に対して、開いた口がふさがらない私。はたから見れば、なんとも滑稽な光景だろう。

「あれ、どうした？」

「びっ……びっくりして」

正直に伝えると、彼は噴き出す。

「うちの施設を使った感想を帰国前に教えてほしいな」

「そんなことでよければ。私、まだ来たばかりですけど、すごく感激してたんです。波の音を聞きながら息をしているだけで、穏やかな気持ちになれます。もちろん神木さんたちはご商売でしょうけど、命の洗濯ってこういうことを言うんだと思ったというか……」

「命の洗濯？」

「大げさかもしれないですが、ここに来て救われました。ようやく酸素がいっぱいの空気を吸えた感じ……って、なにを言ってるかわかりませんよね。とにかく、ここを造ってくださって感謝しているということです」

無理やり話をまとめると、彼は大きく目を見開いて驚いたような顔をする。しかしすぐに笑みを浮かべた。

「そっか。実は俺がリゾート開発に没頭するのは、苦労やしがらみから解放されて、心だけでも自由になってほしいからで。だから、そう言ってもらえてすごくうれしいよ」

神木さんが白い歯を見せるので、私の心も弾む。

「ところで、いつ来たの？」

「ついさっきです」

「そう。同じ飛行機だったかもね。俺もついさっき到着したところ」

そんな偶然あるのだろうか。

「スーツで？」

「それがギリギリまで日本で仕事をしていたから、着替える暇がなくて。空港のトイレで着替えようかと思ったけど、うっかり着替えまで預けてしまってね。それでここに来たら、いきなり呼ばれて話をしていたんだ」

忙しい人のようだ。

「長谷川さんたちは、バカンスだよね？」

長谷川さん〝たち〟と言われて、嘘をついている罪悪感にどきりとした。グランディスの関係者なら、私が一人旅だとすぐにばれてしまいそうだ。

「そ、そうです。あの、実はノープランで来てしまって、お薦めのアクティビティとかあれば教えていただけませんか？」

「ノープラン？」

やっぱりおかしいだろうか。普通は予定を練ってくるものだろう。

「いいねえ、とりあえず現地に飛んでみようというノリ。俺は好きだな」

賛同してくれているようでホッとした。

「そうだなあ。水に入るのは怖くないよね？」

「大好きです。両親がよく海に連れていってくれたので」

父が海好きで、家族でよく訪れていた。夏の海水浴だけでなく春や秋にも足を運び、季節によって見せる顔の違う海を楽しんでいたっけ。私はいつも靴を脱いで波打ち際を駆け回った。

「そう……。海が好きなら、やっぱりシュノーケリングかな。この島を囲うように珊瑚礁がびっしりとあるんだ。そこに魚が寄ってくる。頑張ってドロップオフまで泳ぐと、さらにすごい」

「ドロップオフ?」

聞きなれない言葉に、首をひねる。

「急に深くなる場所のこと。海流がぶつかるから、よりたくさんの魚が見えるよ」

「深いんですか……」

一応泳げるけれど、潮の流れのある海はもし流されたら……と腰が引ける。

「ライフジャケットをつけていくし、インストラクターが危なくない場所を案内するから大丈夫だよ。もちろん、そこまで行かなくても十分楽しめるし」

「そうなんですね。申し込まなくちゃ」

「午後でも平気? 十五時からがあったはずだけど」

「大丈夫です。楽しみ」

神木さんに出会えてよかった。ひとりでは積極的に動けなかったかもしれない。

それから、彼はここを立ち上げるときの話をしてくれた。

なにもない島から開発するのにはかなりの苦労があったようで、私たちのような客が満足してくれるところを見ているのが、なによりも楽しいという。

驚くことに、この島の開発を主導したのは彼らしい。この若さでこれほど大掛かりなプロジェクトを任せられるとは、かなり優秀な人のようだ。

開発の過程について目を輝かせながら話す彼は、夢を語る少年のようでもあり、同時に仕事にかける情熱を感じた。

私と同じかもしれない。規模は違うけれど、花月茶園を盛り立てていきたいという気持ちは、彼に負けないくらい強い。

楽しい話だけでなく、神木さんお薦めの料理はどれもおいしくて大満足だ。デザートのプディングケーキもしっかり満喫した。

「本当にごちそうになってもいいんですか？」

「もちろん。すごく楽しかったよ。俺ばかり話してしまってごめん」

「とんでもないです。私も楽しかったです」

実は私の仕事についても話を振られたけれど、どうしても政略結婚のことが頭にちらついてしまい、あいまいに濁したのだ。

おそらく彼は、深く聞かれたくないという私の気持ちを察したのだろう。それからずっとリゾート開発の話をしてくれた。

「それじゃあ、今日はゆっくり休んで」

「はい。ごちそうさまでした。おやすみなさい」

「おやすみ」

彼はレストラン棟を出て橋を渡る私を、しばらく見守っていてくれた。

ふかふかのベッドで泥のように眠った翌朝は、すっきりとした気分で目覚めた。

「すごい」

カーテンを開けると、ターコイズブルーの海が広がっていて、感嘆のため息が漏れる。

波にぶつかりきらめく太陽の光がとにかく美しく、こうしてバルコニーから景色を堪能するだけで心が躍る。

「ダメージ受けてたんだな……」

政略結婚を言い渡されて覚悟を決めたつもりだったけれど、自分の意思通りにいかない人生が残念でもある。

もちろん、夢は必ずしも叶うものではないし、思わぬ道を歩くことだってあるけれど、それが結婚という大きな岐路で起こってしまうとは。

最近は、そんなことばかり考えて苦しい時間を過ごしていたので、これほど心が解放されたのは久しぶりだ。

モルディブに来てよかった。日本から離れて、随分心が楽になった。忠男さんに心配をかけたくなくて、平気な振りをしているのもつらかったのだ。

私は早速、ノースリーブの白いカットソーとライトピンクのロングスカートに着替えて、朝食を食べに向かった。

ビュッフェスタイルの朝食は、パンの種類が豊富でとてもおいしく、フレッシュな果物もたくさん堪能した。

シュノーケリングまでの時間をどう過ごそうか考え、ヴィラに戻ってバルコニーに置かれてあるふかふかのビーチチェアでのんびり読書を楽しむことにした。最近は、ほとんど休みなく働いていたため、自分のための時間もなかなか持てなかったのだ。

日差しは強いものの天蓋（てんがい）までついており、風も心地いい。気温が上がってくるまでは快適に過ごせそうだ。

「神木さん、お仕事してるのかな……」

読書を始めたのに、ふと神木さんの姿が頭をよぎる。

会社の仲間とこのリゾートを立ち上げた話をしているときの彼は、本当に輝いていた。数々の苦労はあったようだが、自慢できる場所になったと言いきれるほど心血を注いだのだろう。

私も、そうだったんだけどな……。

「仕事……」

結婚しても、仕事を続けさせてもらえるだろうか。

ふと不安になった。花月茶園の存続のために結婚するのに、働くことを拒否されたら、これほど悲しいことはない。

私はいなくても、忠男さんがいれば品質は守られる。そうであれば、彼やほかの従業員に今後を任せてしまう？

私は祖父の遺志を継ぎ花月茶園で働いてはいるけれど、オーナーでも社長でもなく、ただのいち従業員でしかないのだし。

そんなことを考えていたら、今までの自分はなんだったんだろうとつらくなる。必死に走ってきたつもりだったのに、いてもいなくても一緒だったんじゃないかって。

「ああっ、もう！」

仕事のことも今後のことも一切忘れて楽しむつもりでここに来たのに、一度考えだすと止まらなくなる。到着したばかりのときは、せっかく気持ちが解放されていたのに。

ひとりでいると余計に気が滅入ると思った私は、ビーチを散歩することにした。

どこまでも続く白い砂浜の砂はさらさらで、少々熱い。波打ち際まで行き、足を水に浸しながら歩いた。

しばらく行くと、ウエディングドレス姿の日本人の花嫁が、タキシードを纏う花婿に横抱きされている姿が視界に入る。どうやらウエディングフォトの撮影中のようだ。

「いいな……」

私は白無垢でと決めたが、あんなふうに満面の笑みで写真に納まることはないだろう。挙式も形式的なもので、永遠の愛を誓うというロマンティックなものではない。

私にとっては逃げられない足枷をつけられるような儀式になるのが、とても残念だ。とはいえ、花月茶園を助けてくれるのだから、愛など期待せず全力で夫に尽くすつもりだ。

「Congratulations!」

どこからか声が響いて、拍手が湧き起こる。私も見知らぬふたりに祝福を込めて拍手を送った。

さらにしばらく歩くと、海の中にブランコがふたつ設置されている。

「乗ってもいいのかな……」

周囲には誰もおらず、スカートが濡れるのも気にせずブランコに近づいた。

久々のブランコはなかなか爽快だった。大きく漕ぐと、このまま空に吸い込まれそうな感覚に陥り、飛んでいきたい衝動に駆られる。

「ねえ、幸せになれるよね?」

大空に向かって問いかける。

お願い。誰か答えて。私の未来は明るいって。

そんなことを考えていたら、涙がひと粒頬にこぼれていった。


昼食を挟み、いよいよシュノーケリングだ。この旅行のために初めて買ったビキニにラッシュガードを纏い、ライフジャケットを着せてもらう。

「おひとりですか?」

「すみません。まずいですか?」

「いえ、大丈夫です。今日はシュノーケリングを希望される方も少ないので……。せっかくなのでドロップオフまで行けたら行きましょうか。でも怖くなったら、私の肩をトントンと叩いてください」

インストラクターは日本人の男性で、言葉も通じるためひと安心だ。

「はい、よろしくお願いします」

「この島は珊瑚礁に恵まれているので、魚もたくさん見られますよ。それじゃあ、行きましょう」

初めてのシュノーケリングに緊張気味だったものの、一旦海の中を覗(のぞ)いたら、その美しい光景の虜(とりこ)になった。

鮮やかな色のとんでもない数の魚たちが、珊瑚礁の間を悠々と泳ぎまわっている。

「すごい。こんなにたくさん」

私を引っ張り誘導してくれるインストラクターが、「でしょう?」と笑顔だ。

「水中写真を撮りましょう。顔を水につけて僕のほうを見てください」

「はい」

インストラクターは、私の体の周りを泳ぐ数々の魚と一緒に、何枚か写真を撮ってくれた。

「ドロップオフ、チャレンジしてみます?」

「はい、ぜひ」

もっと美しい光景が見られると思ったら、断るという選択はない。

意気揚々と返事をすると、インストラクターが私の背後に視線を送った。

「あとは俺が」

「えっ……?」

男性の声がしたので振り返ると、ウエットスーツ姿の神木さんがいて驚いた。

「それじゃあ、お任せします」

「うん、サンキュ」

インストラクターは神木さんと交代して、陸へと戻っていってしまう。

放心していると、彼はくすくす笑う。

「びっくりした？」

「お仕事では？」

「一旦終わらせてきた。まだ残ってはいるけど、長谷川さんと海を楽しみたくて」

私と？

「やっぱりひとりだった」

「あっ……」

もしかしたら昨晩から、一緒に来た友人なんていないことに気づかれていたのかもしれない。ひとりで夕食を食べていたのだから、当然か。

「下心とかそういうのじゃないから安心して。でもここカップルだらけだし、ひとりじゃ寂しいかな、なんて……。勝手な憶測だけど」

彼の言う通りだ。

そもそもハネムーンでにぎわう観光地だと知っていて訪れたものの、先ほどのような幸せいっぱいのウエディングシーンを見ると、少し心が痛む。私も情熱的な恋愛をして、結ばれたかったなとセンチメンタルな気持ちに陥ってしまうのだ。

「嘘をついてすみません。おっしゃる通り、感動を分かち合える人が欲しかったところです」

「うん。それじゃあドロップオフチャレンジといきますか。あっ、一応ダイビングインストラクターのライセンス持ってるから心配なく」

シュノーケルのマウスピースを咥(くわ)えた彼に手を差し出されて、手を重ねた。

神木さんが手をつないでいてくれる安心感は大きく、なんと運よくウミガメにまで遭遇できて大満足。

興奮しすぎて笑われてしまったものの、最高にいい思い出となった。

陸地に戻ると、神木さんはウエットスーツのファスナーを開け、上半身裸になる。

鍛え上げられたお腹(なか)が六つに割れていて、不自然に視線をそらした。

「ウエットスーツは暑すぎた。俺もラッシュガードにしておけばよかった」

「わざわざ来ていただいて、すみませんでした」

まだ仕事が残っていると話していたので、私を気遣ったのだろう。

「たまにはこういうご褒美でもないとやってられない。ここに来たら一回は潜るから、いつものことだよ。気にしないで」

「はい。すごく楽しかったです」

私がそう言うと、彼はうれしそうに目を細める。

「長谷川さん、何泊で来てるの？」

「四泊六日です」

「そっか。俺は五泊の予定だから、帰りの飛行機は違うね。ずっとこのリゾート内で仕事してるから、なにか困ったらフロントで呼び出して」

「いえ、そんな」

もう十分楽しませてもらった。

「呼び出してもらえると、お客さま対応とか言い訳してサボれるからさ」

「悪い人ですね」

「ばれたか。ほんと、遠慮なく。心細いでしょ？」

ひとりで滞在しているのを心配してくれているようだ。

「ありがとうございます。困ったらお願いします」

「うん。それじゃあ、そろそろ行くね。あっ、ここのスパお薦めだよ。ココナッツオイルで丁寧に施術するから、リピーターも多いんだ」

「予約します」

「それじゃあ、今度こそ消える」

彼は軽く手を上げてから去っていった。


翌日は、広大な海を眺めながら神木さんお薦めのスパで体を癒やし、自転車を借りてサイクリングにも出かけた。ヤシの木の間を通るルートは、日差しが遮られるから涼しくて、澄んだ空気を肺いっぱいに吸い込むと、もやもやしていた気持ちが浄化されるような気さえした。

自転車返却の手続きのためにフロントに行くと、神木さんの姿があって思わず頬が緩む。私に気づいていない彼は、なにやら難しい顔をしてフロントスタッフと会話をしていた。

「I want to return bicycle」

別のスタッフに自転車を返却したいと伝えると、彼はようやく私に気づいて、「あっ」と小さな声を漏らす。そして慌ただしくまたスタッフと話し始めた。

少しくらい話したかったけれど、忙しそうだ。手続きが済んだのでフロントを離れようとしたが、「待って」と声をかけられて振り返る。

神木さんはフロントから出て、私のところまで来てくれた。

「長谷川さん、これからの予定決まってる？」

「いえ。お部屋でプールにでも入ろうかと思っていたくらいで」

「お願いがあるんだ」

深刻そうな彼は、首を傾げる私をラウンジに誘った。

「なにかあったんですか？」

体ごと包み込んでくれるようなふかふかのソファに向かい合って座り、話し始める。

「実は、俺がここに来たのは、日本向けのパンフレットの写真を撮るためでもあるんだ。今日、サンセットウエディングの撮影が入っていたんだけど、お願いしていた日本人モデルが、手違いで来られないと連絡が……」

小さなため息をつく彼は、難しい顔で続ける。

「日本から有能なフォトグラファーを呼んでいるんだけど、忙しい人で明日帰国してしまう。チャンスは今日しかなくて……」

「それは大変！」

それで、難しい顔をしていたのか。

「……長谷川さん、モデルやってくれないかな？」

「はいっ？」

予想もしなかった懇願に、声が裏返ってしまった。

「新郎は俺がやる」

「待ってください。モデルなんてとても……。あっ、本当にハネムーンに来ている方にお願いしてみては？　いい思い出になりますし」

いい案をひらめいたと思ったのに、彼は首を横に振る。

「実は今回撮影することになったのは、以前お願いした本当のカップルが離婚してしまって、もう写真を使わないでほしいと言われたからで」

「あ……」

なるほど。そういう懸念があるのか。

「やっぱり無理かな。もちろんモデル料は払うし、今回の宿泊費もこちらで負担する」

宿泊費が浮くのはすごく助かるけれど、モデルなんてさすがに気が引ける。

「ごめん。急に言われても困るよね」

神木さんが肩を落とすので、気の毒になってしまった。

「本当に私でいいんですか？　写真を見た方が、モルディブ行きはやめたなんてことになったら……」

　真面目に尋ねたのに、彼はプッと噴き出した。

「まさか。こんなにきれいなのに、そんなことになるはずがないよ」

　これはお世辞だとわかっているのに、心臓が早鐘を打ち始める。男性から『きれい』なんて褒められたのは初めてだからだ。

「俺がリードするから、お願いできないかな。実はそろそろ準備を始めないと間に合わなくて。太陽は待ってくれないから」

　たしかに、夕日に照らされてオレンジ色に染まる水面をバックに撮影するのであれば、これからモデルを探していては間に合わないだろう。

　神木さんにはお世話になったし、役に立てるのであれば……。

「わかりました」

「ありがとう」

　すごい勢いで立ち上がった彼は、テーブル越しに私に握手を求める。よほどうれしかったようだ。

「早速だけど、ヘアメイクと衣裳合わせをお願いできる？」

「はい」

大変なことになったとドキドキしながらも、神木さんに続いて衣裳室へと向かった。

用意されていたのはスカート部分にボリュームのあるプリンセスラインのドレスだった。どうやらスカートにテグスをつけて引っ張り、躍動感あふれる写真を撮ったりもするらしい。

いつもよりはっきりしたメイクを施されて、鏡に映る大人っぽい自分が自分ではないみたいだ。

髪は緩く巻いたあと、かわいらしくアップにしてもらった。

ドレスを纏い部屋を出ていくと、真っ白なタキシード姿の神木さんが待ち構えていた。

もう何度も顔を合わせているのに、凛々しい姿にドキッとする。

彼は笑顔で近づいてきて、私の手をそっと握った。

「思った通り。すごくきれいだ」

「あ、ありがとうございます」

お世辞だとわかっていても、面映ゆくて頬が火照る。

「長谷川さんは、ただ楽しんでくれればいい。俺が全部リードする」

「はい、よろしくお願いします」

頼もしい彼に、すべてをゆだねることにした。

なかなかスケジュールを確保できないという有名なフォトグラファーによる撮影は、順調に進んだ。

緊張で顔がこわばるたびに神木さんが話しかけてくれて、自然と笑みが戻る。

白い砂浜で手をつないで歩いたあと、彼と向き合った。

「額と額を合わせて」

「え……」

フォトグラファーからの指示に、思考が停止する。

「ごめん。少し我慢して」

神木さんはそう言ったあと、私に真摯なまなざしを注ぐ。

「梢」

そして艶やかな表情で甘く名前をささやき、私の額に額をぴたりとつけた。

これはきっと、緊張で体に力が入る私の気持ちをほぐすためだろう。

優しく名前を呼ばれたせいか、はたまた息遣いを感じるほど近づいた距離のせいか、本当に彼と結婚するかのような錯覚に襲われて、鼓動がどこまでも速まっていく。

「はい、次は新郎が新婦の腰を抱いて持ち上げて」

胸を高鳴らせているのは、私だけのようだ。淡々と次の撮影に移る。

神木さんが私を軽々と抱き上げると、助手がスカートのテグスを引っ張り、沈みゆく夕日を背景に風になびいているような構図の写真を撮られた。

そのあとは、海に向かって砂浜に並んで座る。助手がドレスの位置を直したあと、神木さんがそっと私の腰に手を回してきた。

撮影に入ってから終始距離が近くて、心臓が破裂しそうだ。しかし隣の神木さんは自然な笑顔で私を見つめる。

「最高の思い出ができそうだ」

「私もです」

モデルを引き受けることをあれほどためらったのに、彼と疑似恋愛しているようで幸せだ。愛のない政略結婚を前に、初めての大恋愛をした気分になった。

神木さんは、フォトグラファーからなにも指示がないのに、私の肩に手を回して自分の肩に寄りかからせる。その自然な動作が愛し合う者同士のようで、くすぐったかった。

「空がきれいだね」

「はい。夢を見ているみたいです」

「夢？」

「……私、結婚が決まっていて……。でも、好きな人に嫁げるわけではないんです。だから、最後に素敵な思い出ができました」

つい弱音が口をついて出た。

神木さんには一切関係ないことなのに。いや、だからこそ話せたのかもしれない。

忠男さんの前では平気な振りをしていたけれど、やっぱり心が悲鳴をあげているのだろう。誰かにこの苦しさをわかってもらいたかった。

「ごめんなさい。忘れてください」

とはいえ、やはり余計なことだったと慌ててそう付け足したが、彼は真剣な表情で首を横に振る。

「いろいろ複雑なんだね。実は俺も似たような状況で」

「えっ？」

「俺の場合は仕事絡みなんだけど、恋をしてもいない人と結婚する」

予期せぬ告白に目を見開く。まさか、彼も私と同じように悩んでいるとは思わなかった。

「俺は仕事を成功させるためなら、ほかの犠牲はいとわない。だから、愛のない結婚を受け入れた」

彼の言葉に、心の奥のなにかがコトンと音を立てる。

私も仕事のために結婚を犠牲にする。彼もそうだ。しかし、まだ愛のある結婚に未練がある私とは違い、彼にはしっかりとした覚悟があるのだ。

私もそうでなくては。伯父のごり押しとはいえ、自分で選んだ道なのだから。

「私も似たようなものです。私にも守りたいものがあるんです。そのためなら、結婚だってなんだってできる」

きっぱり言うと、彼は少し驚いたように目を丸くした。

「はい。すべて撮影し終わりました。いい写真が撮れましたよ」

フォトグラファーの声が聞こえてきて我に返った私は、慌てて神木さんから離れた。

彼は私に手を貸して立ち上がらせたあと、フォトグラファーに近づいていき、タブレットに表示された写真をチェックしている。

夢が――覚めてしまった。

けれど、モデルを引き受けてよかった。ほんのひとときでも、幸せな花嫁でいられたのだから。

着替えを済ませると、張りつめていた気持ちが途切れたからか、脱力して動けなくなった。

今晩は大きなバスタブで、お湯にゆっくり浸（つか）ろう。甘い香りのするバスソルトをたっぷりと入れて。

衣裳室から出ていくと、着替えを済ませた神木さんが待っていた。

彼は笑顔で近づいてきて、先ほどのタブレットを見せてくれる。

「わー、きれいに撮れてる」

太陽の朱色の光を反射して輝く海を背に、満面の笑みを浮かべて神木さんのもとに駆けていく私が写った写真は、どこからどう見ても幸せ絶頂期にある花嫁だった。なんとか役割は果たせたようだ。

「うん。最高だ。これも」

もう一枚見せてくれたのは、彼の肩に寄りかかった写真だ。うしろ姿ではあるけれど、とにかく幻想的で、しかも幸福が漂ってきそうな素敵な一枚だった。

「厳選して広報に使わせてもらうよ。今日は本当にありがとう。食事を一緒にどうかな？」

「ちょっと疲れてしまって、お部屋に戻ります」

本当は一緒に食べられたら最高だった。でも、彼に心が惹かれていくのが手に取るようにわかって、もう離れなければと思ったのだ。彼も私も、結婚を間近に控えているのだから。

「そっか。よかったら、食事を部屋まで運ばせるよ。俺のお薦めでいい？」

「助かります」

「これくらいさせて。そういえば、明日のサンセットの頃に、カクテルパーティがあるの知ってる？」

「チェックインのときに聞いたような……」

ゲストは誰でも参加できる、週に一度催されるパーティで、アルコールやジュースとともに料理が振る舞われるとか。

「あれはうちの最大の売りなんだ。よかったら、旅の思い出に」

「はい、そうします」

宿泊もいよいよあと二泊。あっという間すぎて日本に帰りたくないけれど、それも神木さんが世話を焼いてくれたからに違いない。

「それじゃあ失礼するよ。今日は本当にありがとう」

神木さんが差し出した手を握った。きっとこれが最後になるだろう。寂しいけれど、彼に出会えてよかった。

「こちらこそ。それでは、おやすみなさい」

彼の手の温もりが離れていくと、胸に込み上げてくるものがある。

最後の自由を満喫できたのだから、これ以上は望んではいけない。

私は瞳がうっすらと潤むのを感じながら、ヴィラへと戻った。

明後日は早朝にここを発つので、モルディブを楽しめるのは残り一日。

朝からドルフィンクルーズツアーに出かけ、イルカの群れに遭遇したときは大興奮した。

ほとんど勢いで訪れたモルディブだったけれど、一生忘れない思い出となった。

海に張り出したバルコニーがあるレストランで昼食を楽しんだり、お土産を買いに出かけたりしていたら、あっという間に時間が過ぎる。

荷物の片付けもしてしまい、ふと外を見ると、神木さんが話していたカクテルパーティが浜辺で始まっているようだ。

ひとりで行くのもどうかと思ったけれど、せっかくだからと足を向けることにした。

ウエイターから、昼間の海のような鮮やかなブルーのカクテルを受け取り、さらには用意されていた料理をいくつかチョイスして適当な席に座る。

水平線に吸い込まれていく太陽を見ているだけで笑みがこぼれるのは、神木さんとの時間を思い出したからだ。

「楽しかったな」

心が躍るという経験を久しぶりにした。思えば祖父を亡くしてから、こんなに自然に笑えたのは初めてだったかもしれない。

けれど、また笑えない生活に戻るのだ。

「はー。おいしい」

ちょっぴり感傷的な気分に陥り、気がつけばカクテルを三杯飲み干していた。

顔が熱くて火照っているが、海から吹いてくる風が心地よくて、すーっと息を吸い込む。潮の香りが鼻をくすぐり、いい気分だ。

「おひとりですか?」

「えっ? いえ……」

突然見知らぬ日本人男性に声をかけられて、とっさに嘘をついた。

「でも、さっきからずっとおひとりですよね」

黒いTシャツにカーキの短パン姿の彼は、私の隣のイスに腰かける。

「実は僕、別の島のリゾートホテルで働いていて、同じところばかりにいると飽きちゃうから、こうして時々遊びに来るんです」

求めてもいないのに自己紹介が始まり、少し困る。今日は話し相手が欲しかったというより、最後の夜を誰にも気兼ねすることなくゆったり過ごしたかったからだ。

「そうですか」

「ご旅行ですよね？」

「ええ、まあ」

「もしかして傷心旅行とか？」

初対面で、いきなり他人の心に土足で踏み込むタイプの人は苦手だ。神木さんだって、愛のない結婚をすると告白したときですら踏み込んでこなかったのに。

「さあ。ちょっと失礼します」

逃れたくて、空いたグラスを持ち、カクテルを取りに行く振りをして立ち上がったのに、強く腕を引かれてよろけてしまった。

「キャッ」

「酔ってるじゃないですか。危ないですって」

ふらついた私の体を支えるように彼が触れてきたので、眉間にしわが寄る。

たしかに顔は熱いけれど意識はしっかりしているし、足取りもいつもと変わらない。

よろけたのは、彼が引っ張ったせいだ。

「放していただけますか？」

「ねえ、一緒に飲もうよ。飲み物持ってきてあげるから――」

突然男の手の力が緩んだと思ったら、いつ来たのか神木さんが彼の腕をひねり上げていた。

「彼女に気安く触れるな」

「は？」

「お前、ここのゲストじゃないだろ。時々いるんだよな。金がなくて、パーティに忍び込んで無銭飲食するやつ」

神木さんがそう吐き捨てると、男の顔色が途端に悪くなる。図星だったに違いない。

男は神木さんをにらみながら去っていった。

「大丈夫？」

「助かりました。ありが――」

お礼を言おうとすると、神木さんは険しい表情で私の顔を覗き込む。

「……あのっ」

「ごめん。嫉妬した」

嫉妬？

「俺の花嫁なのにって」

彼は私を熱いまなざしで射る。

「……俺に、君の最後の夜をくれないか？」

どこか切羽詰まったような彼の表情に、たちまち鼓動が勢いを増していく。

「最初に下心なんてないと言ったのを後悔してる。俺、君に堕ちたみたいだ」

ストレートな告白に、心が激しく揺さぶられる。

私が日本に帰ったら結婚すると知っているのに……彼も結婚相手がいると明かしたくせに、ずるい。今晩だけということだろう。

でも……私はうなずいた。

私も、胸を焦がすという経験を初めてした彼と結ばれたい。ひと晩だけでいい。子づくりのための儀式ではなく、愛をささやいてくれる人に抱かれたい。

結局、私もずるいのだ。彼を利用して、愛というものに溺れようとしているのだから。

「おいで」

神木さんは私の手首をつかんで足を踏み出した。砂に足を取られてふらつくと、彼は私を抱き上げて歩き始める。

「重いですから、下ろしてください」

「重くなんてないよ。今夜はひとときも離れたくないんだ」

顔と顔の距離が近すぎて、恥ずかしさのあまりそう懇願したのに許してくれない。

私は抱かれたまま、彼の肩に顔をうずめていた。

神木さんが私を連れていったのは、水上ヴィラのとある一棟だった。彼はここに滞在しているようだ。

部屋に入るとすぐに壁に押しつけられて唇が重なる。その焦るような仕草から、私を求める気持ちが伝わってきて、緊張よりも喜びが上回った。

ひと晩でもいい。こうして情熱的に愛されてみたかったから――。

角度を変えて何度もつながる唇は、どんどん熱を帯びていく。

「口、開けて」

顎を持ち上げてそうささやいた彼の表情がとんでもなく官能的で、それを見るだけで体が火照ってきてしまった。

もう一度唇が重なり、かすかに開いた唇の隙間から熱い舌が入ってくる。

「ん……」

鼻から抜けるようなため息が漏れてしまったが、彼は気にしている様子もない。舌と舌が絡まり合い、息が苦しいほどの激しいキスに没頭した。

そのうち彼の膝が私の脚を割り、耳朶に熱い吐息がかかったと思ったら、軽く食まれて震える。

「あっ……」

「ごめん。優しくしようと思ってたのに、がっつきすぎだな」

彼は私の顔の横にひじをつき、自嘲(じちょう)気味に語る。

「あっ、あの……シャワー……」

「うん。使って。バスローブもあるはず」

私はうなずくとすぐにバスルームに駆け込んだ。

シャワーのお湯を出したあと、彼に貪られた唇をそっと指で撫でる。

私……これから本当に彼に抱かれるんだ。

婚約者への罪悪感がないわけではない。でも婚約が成立してから、私だけでなく彼のほうからも一度たりとも会おうという提案はないし、花嫁衣裳ですら勝手に選べと言われて……どこにも愛など存在しないともうわかっている。

これから一生、愛のない世界で生きていくのだ。一度だけでいい。愛に溺れてみたい。

シャワーを終えてバスローブ姿で出ていくと、神木さんはバルコニーで夜空を眺めていた。私に気づいた彼は私を手招きして背後から抱き寄せる。

「夜空もなかなかいいだろ？」

「はい。星がいっぱい」

手を伸ばせば届きそうなほど、無数の星が瞬いている。

「少し待ってて」

彼は私のこめかみにキスをすると、バスルームに向かった。

その晩は、散々彼に溺れた。激しい愛撫(あいぶ)に悶(もだ)え、広いベッドの上をどれだけ逃げても、逃がしてはもらえない。

全身を隅々まで堪能するかのように舌を這(は)わせた彼は、私の手をしっかりと握り、中に入ってくる。

「あっ……」

想像以上の痛みに、シーツを握りしめ枕に顔をうずめて声を殺す。

「痛い？」

「大丈……んんっ」

彼に苦しい顔を見られたくなくて首に手を回して抱きつくと、強く抱きしめてくれた。

「無理しなくていい」

「やめないで」

彼が離れようとするので、首を横に振った。

「でも……」

「お願い。私を、愛して。今だけでいい、私を――」

彼に唇をふさがれて、それ以上続かない。

やがて離れていった彼は、目を細めて私を見下ろし、優しい手つきで頬に触れる。

「もちろんだ。俺に堕ちて。俺はもうとっくに堕ちてるんだ」

強く求められているのが伝わってくる。これが恋に落ちるということなのだろうか。

けれど、彼の未来に私はいないし、その逆も然り。

そうだとしても、最後に恋ができるなんて幸せだ。

そう思おうとしたけれど、一度愛の味を知ってしまうと、それが失われる絶望にも襲われる。もうこんな経験は二度とできないのだと思うとつらい。

心の中がぐちゃぐちゃで、なにが正しいのかまるでわからなくなった。

「どうして泣く？」

彼は目尻から流れた涙に目ざとく気づき、そっと唇を寄せる。

「わかりません。幸せなのに……どうして悲しいんだろう」

この複雑な気持ちをうまく説明できそうになくて、そうごまかした。

「梢の幸せは、俺が守るよ」

突然下の名で呼ばれて、心臓がドクッと大きな音を立てる。

それはどういう意味？

「梢」

優しい声でもう一度私の名前を口にした彼は、再び私の全身に舌を這わせ始めた。

散々愛された翌朝は、砂浜に押し寄せる潮の音で目を覚ました。

神木さんは隣で規則正しい呼吸を繰り返している。

長いまつ毛に高い鼻。形の整った唇は、ついさっきまで私のそれを激しく貪った。

ひとつになれたときは痛くて瞳が潤んだけれど、私を気遣いゆっくり動いてくれた彼のおかげで、幸せに満ちた時間だった。

何度も『梢』と呼ばれ、彼のものになったかのような錯覚すら感じ、私が求めていた愛を惜しげもなく与えてくれた。

いや、私がそう感じただけなのかもしれない。彼にとっては、ちょっとした火遊びだったのかも。

けれど、ひと晩だけは間違いなく私をまっすぐに見ていてくれた。もう、それで十分だ。

彼には第二便のスピードボートで空港に向かうと伝えてあったけれど、自分の部屋に戻り、荷物を持ってすぐに第一便に飛び乗った。

神木さんは見送ると話していたが、もう会わないほうがいいと思ったのだ。

そもそも最初からひと晩だけの関係だとわかっていたし、期待してしまうような優しい言葉はいらない。

どれだけ彼に恋焦がれても、私の未来はもう曲げられないからだ。私が政略結婚を断れば、花月茶園の歴史はそこでピリオドとなる。

離れていく島を見ていると、どうしても涙がこぼれる。

「ありがとう……。私に夢を見させてくれて、ありがとう」

頬の涙を拭い、空を見上げる。

もう夢の時間は終わりだ。現実に戻らなくては。

「よし」

私は気持ちを切り替えるために、大きく深呼吸した。

政略結婚のお相手は

「忠男さん、お疲れさまです」

モルディブから戻って一週間。私は変わらず花月茶園で働いている。

休憩室で営業日誌をパソコンに打ち込んでいると、泊まりで京都まで新茶の仕入れ交渉に行っていた忠男さんが戻ってきたので、声をかけた。

「梢ちゃん、今日休みじゃないの？」

「たくさん休んだから、平気ですよ」

本当はひとりでいると余計なことを考えてしまうので、働いていたいのだ。

神木さんとの夜は夢だったと自分に言い聞かせているけれど、結婚が近づくにつれどうしても苦しくなる。

今週末に白無垢の試着がある予定で、結婚が現実のものとして迫っているのも、苦しい理由のひとつだ。

「梢ちゃんあってこその花月茶園なんだよ。体を壊したら困るだろ」

忠男さんは優しい。忠男さんなくして店の存続はできないが、私はいてもいなくてもなんとかなるはずだ。

旦那さまとなる人が、仕事の継続を許してくれるかまだわからないし。

せめて、そういう話し合いくらいはしておくべきだろうか。

「そんなやわじゃないですって。それで、いい茶葉入りそうですか？」

「ああ。茶畑を見てきたけど、かなりいい。今年はこれまで以上に期待してほしい」

「さすが」

これで取引が戻ればいいのだが、失った信用を取り戻すのはひと筋縄ではいかない。

でも、営業を担当する私の踏ん張りどころだ。

忠男さんと話していると店の裏口が開き、伯父が顔を出した。

にこやかに笑っていた忠男さんの表情が途端に曇る。また難癖をつけられるのではないかと思っているのだろう。

しかしそれもあと少しの辛抱だと思い直した。

政略結婚したあとは、伯父の好き勝手にはさせない。

「梢、話があるんだ」

「わかりました。忠男さん、店頭の手が足りなくて。お願いできますか？」

私が忠男さんを促すと、心配げな顔をしながら休憩室を出ていった。

「どうぞ」

対面の座布団を勧める。

「そんなに警戒するな。今日はお前の結婚についてだ」

「なんでしょう」

「白無垢の試着のときに、先方が会いたいとおっしゃっている」

伯父の言葉に耳を疑う。挙式まで顔を合わせないのではないかと思っていたからだ。

「わかりました」

「あちらは大企業のご令息だ。粗相のないようにしなさい」

「はい。あの……お相手は、私についてご存じなのですか？」

自分についてどの程度の情報を持っているのか気になり尋ねた。

「まだよく知らないんじゃないか？　どうも、ほとんど海外にいて帰国してもすぐにまた日本を離れるという感じらしい。試着の日の前夜に帰国するとか」

「ということは、挙式のあとは海外に？」

海外勤務であれば、私もついていくべきだろう。そうだとしたら、花月茶園の仕事には携われないのだと肩を落とした。

「いや。これからは国内の仕事に専念するそうだぞ。その仕事に、ここの茶葉が必要だとかなんとか」

それなら、まだ働ける望みがありそうだ。

「そうですか。お名前を聞いておいてもいいですか？」

これまでは、政略結婚をするという現実を受け止めきれなくて、相手についての情報はあえて聞かずにいた。しかし顔を合わせるのに、知らないのはさすがに失礼だ。

「なんだったか。神木……」

「神木？」

伯父の口から飛び出した苗字に、声が上ずる。

まさか、あの神木さん？ ううん。すごく多い苗字というわけではないけど、それなりにはいそうだし、偶然よね……。でも、彼も政略結婚をするって……。

瞬時にいろんなことが頭の中を駆け巡り、混乱する。

「どうかしたのか？」

「いえ。下の名前は？」

「雅也（まさや）、だったかな」

一瞬、あの神木さんだったら……と期待したけれど、違ったようだ。

でも、別人でよかったのかもしれない。

彼はきっぱり、『仕事を成功させるためなら、ほかの犠牲はいとわない』と言った。彼にとって妻は、愛する存在どころか、自分の人生を犠牲にしなければならない忌まわしき存在になるのだから。

「神木雅也さんですね。承知しました」

世界を股にかける不動産会社の御曹司で、跡継ぎを望んでいる。現在三十三歳。今後は国内に腰を据えて働く予定。

自分の夫となる人の情報はたったこれだけ。これで結婚できてしまうんだと、他人事のように考えていた。

花嫁衣裳の試着の日は、不安いっぱいの私の心とは裏腹に、雲ひとつない気持ちのいい天気となった。

とはいえ気温は低く、ライトグレーのワンピースの上に、黒いコートを羽織った。

白無垢の試着に行くのにふさわしい明るい色の洋服にしようかとも思ったけれど、カジュアルなものしかなく、夫となる人との初対面なのだからと思い、少しかしこまった服装にした。

伯父を通じて白無垢で挙式をしたいと希望を伝えたら、花月茶園と同様歴史ある織物会社を紹介されたため、そこに足を向ける。

購入を勧められたが、そんな費用があるなら店に回してほしいという気持ちが強く、貸衣裳をお願いしてある。

それにしても、一生に一度、しかも数時間しか纏わない着物を躊躇なく買おうとするだけの財力がすごい。

スーパーで値引きシールの付いた商品に目が行く私とは、まるで違う世界の人だ。彼の生活水準に合わせられるだろうかと、今さらながらに心配になってきた。

『峰岸織物』という老舗に到着すると、すぐに大きな鏡が置かれた六畳ほどの試着室に案内される。

「長谷川さまですね。本日はご足労いただき、ありがとうございます。本日担当させていただきます、一ノ瀬と申します」

目のぱっちりした美しいという言葉がぴったりの女性が、丁寧に挨拶をしてくれるので、私も腰を折った。

「こちらこそ、よろしくお願いします。着物に慣れていなくて……。いろいろ教えてください」

「もちろんでございます。先ほど旦那さまからご連絡があり、少し遅れるそうです。

試着を進めておいてくださいということでしたので、早速着付けをさせていただいてもよろしいでしょうか？」

「はい。お願いします」

仕事を軸に生きている神木さんは、もしかしたらすっぽかす可能性もあると思っていたので、少し安心した。

神木さんが押さえておいてくれた白無垢は、正絹の最高級品。シルクゆえ純白でなく生成り色なのだが、それが優しい雰囲気でひと目で気に入った。

髪を簡単にひとつに結ってもらったあと、ずっしりと重い着物を纏っていく。

「きつくはございませんか？」

「……は、はい」

「少し緩めますね」

平気だと強がったが、顔がこわばっていたのかもしれない。一ノ瀬さんは私の嘘をすぐに見抜き、帯を楽にしてくれた。

慣れた手つきであっという間に着つけが終わり、一ノ瀬さんが打掛を羽織らせてくれたとき、店に誰かが入ってきた。

別の店員の出迎えに「神木です」と答えている声が聞こえてきて、緊張が走る。

「とてもお似合いですよ。旦那さまがいいタイミングでいらっしゃいました。こちらにお連れしますね」

一ノ瀬さんは笑顔で私に話しかけたあと、試着室を出ていった。

その直後入口の戸が開き、鏡にスーツ姿の背の高い男性が映る。

嘘……。

彼の顔を見た瞬間、全身の肌が粟立ち、呼吸が浅くなった。

だって……だって、鏡の中にいるのは間違いなく……。

「遅れて申し訳ありません。初めまして。神木です」

背後から近づいてきた彼は、鏡越しに目が合った瞬間、驚愕の表情を浮かべた。

「どうして……」

愕然としてそうつぶやいた彼は、足を速めて私のところまで来ると、顔を覗き込んでくる。

「どうして、君がここにいるんだ」

そう言いたいのは私も同じ。もう二度と会わないはずだった神木さんが、目の前にいるのだから。

なにも答えられないでいると、彼が口を開いた。

「花月茶園の娘さんで、合ってる？」

「はい、そうです」

神木さんは婚約者に興味などこれっぽっちもなかったのだろう。私の名前すら知らなかったようだ。私も先日伯父に聞いたばかりなので、他人のことは言えないけれど。

「神木雅也さん、ですよね」

彼はモルディブで偽名を使っていたようだ。やはり、ただの火遊びだったのだろう。一瞬で夢から覚めてしまった。こんなことになるのなら、再会したくなかった。

悔しさと悲しさでいっぱいで視線を落として尋ねると、彼が少し距離を縮めてくるので、ドクンと心臓が跳ねる。

「雅也は、ひとつ下の弟の名だ」

「弟？」

「俺は、神木健人。君がモルディブに置き去りにした、ひと晩だけの男だ」

彼は不機嫌に言い放つ。言葉が刺々(とげとげ)しくて、責められているようだ。

伯父の情報のほうが間違っていたのだろう。神木さんを疑ったことを申し訳なく思ったけれど、そんなふうに言われては返す言葉がなかった。

置き去りにしたことには違いないが、そそくさ逃げたわけではない。あれ以上情が移っては政略結婚がますますつらくなると思っただけ。

なんと返そうかと悩んでいると、一ノ瀬さんが戻ってきたので話が途切れた。

「奥さま、おきれいですよね」

「はい、とても」

神木さんは先ほどまでとはまるで違う、柔らかな声で答える。私の白無垢姿など、まともに見てもいないだろうに。

「こちらで大丈夫でしたか？」

「峰岸さんの着物に間違いはありませんから、もちろんです」

一ノ瀬さんと言葉を交わす神木さんが、私が知っている優しい彼で、胸に込み上げてくるものがある。

あのまま時間が止まってほしかった。最大の愛をくれたはずの人と、愛のない結婚なんて苦しすぎる。

「旦那さまも、衣裳のご試着をされますか？」

「私は結構です。妻の白無垢姿を見られて満足しました」

笑みを浮かべる彼の口から淀みない嘘が飛び出してくるのがつらい。

けれど、これから一生こうなのだろう。外では仲睦まじい夫婦を演じ、子供をつくるためだけに体を重ね、それ以外の情熱はすべて仕事に向ける。それをわかっていてこの結婚を引き受けたのだから、今さらくよくよするのはおかしい。

そう思ったら、腹が決まった。

夫が誰であれ、よき妻を演じるだけだ。

私は顔を上げて笑顔を作る。すると隣の神木さんは、少し驚いた顔をしていた。


白無垢を脱いで試着室を出ると、彼はお茶を飲みながら待っていた。もう仕事に行ってしまったと思っていたので、少し意外だ。

一ノ瀬さんがやってきて、私にもお茶を出してくれる。

「奥さまは花月茶園の方だそうで。うち、お茶は花月茶園と決めているんですよ。従業員が時々お店に買いに行かせていただいています。こちらのお茶もそうなんです」

「うれしいです。ありがとうございます」

この結婚を躊躇したけれど、私の選んだ道は間違っていない。長い歴史をつないでいくことこそが私の使命だ。それを改めて確認できた。

一ノ瀬さんが行ってしまうと、嫌な沈黙が訪れる。

私はうつむいたままお茶を口に運んだ。なにか言うべきなのに、言葉が浮かばないのだ。

「これから時間ある？」

「えっ……？　はい」

神木さんの声は、どこか冷たい。

彼に挨拶もせずモルディブを去ったことを怒っているのだろうか。もしくは……自分の婚約者が、結婚前にひと晩だけのアバンチュールを楽しんだことを怒っている？

けれど、彼だって私という婚約者がいたのだ。

結果的にこうして再会してしまったが、翌朝、未練たっぷりに縋られたって困っただろう。

「結婚するにあたり、必要な話をしたい。これから一緒に住む予定のマンションに行きたいんだけど」

「はい。お願いします」

婚約破棄でも言い渡されるかと思ったけれど、政略結婚は続行するらしい。花月茶園の存続のためには、彼の会社からの資金援助が不可欠だ。私も婚約破棄する気はさらさらなかったので、覚悟を決めた。

峰岸織物の駐車場に駐まっていたのは、黒の高級車。一島丸ごとという規模のリゾート地を開発する会社の御曹司なだけあり、生活水準はけた違いなのだろう。

「乗って」

怒っていると思った彼が、助手席のドアを開けてエスコートしてくれたので少し驚いた。海外を飛び回っていたようなので、レディファーストが身についているのかもしれない。

「失礼します」

革張りのシートがひんやりと冷たく感じるのは、緊張しているからだろう。

彼はそれからしばらく無言で車を走らせた。

沈黙が苦しすぎて、私のほうから口を開く。

「素敵な白無垢をありがとうございました」

「買えばいいと言ったのに」

貸衣裳にしたのが気に入らないのだろうか。もしかしたら、富裕層の彼にとって借り物で済ませるなんて屈辱的だったのかもしれないと目を伏せる。

「すみません」

「謝る必要はない。一生に一度のことだからと思っただけだ」

私を気遣ってくれたの？

ちらりと神木さんに視線を送るも、彼は表情ひとつ変えず、まっすぐに前を見据えてハンドルを操っている。

感情がまったく読めず、重い空気が息苦しい。

それからはなにを言ったらいいのかわからなくなり、ずっと黙っていた。

三十分ほど走って到着したのは、立派なタワーマンションだった。建築中に話題になったこの高級マンションは、富裕層にしか販売の声がかからないと知り、驚いた記憶がある。

もしかしたら、神木さんの会社が手掛けているのかもしれない。

車を降りた彼についていく。

エントランスを入るとコンシェルジュがおり、丁寧に頭を下げてくれるので、思わず立ち止まって会釈をしてしまった。

広いラウンジには立派なシャンデリアと、ソファ。片隅にはピアノも置かれていて、一流ホテルのようだ。

あまりの豪華さにキョロキョロしていると、前を歩いていたはずの神木さんが立ち止まり、じっと私を見ていた。

物珍しさに落ち着きをなくしてしまったが、彼にとっては日常の一部。その妻ともなれば、平然と通り過ぎるべきだったのかもしれない。

「すみません」

「謝るのが趣味なのか？」

「いえ」

会話がうまく続かなくて、冷や汗が出る。

再び歩きだした彼に続いてエレベーターに乗ると、彼は五十二階のボタンを押した。

「……このマンションも神木さんの会社が所有しているんですか？」

「うちはリゾート開発専門なんだ。ここは都市開発が得意なデベロッパーが所有している」

不動産会社と聞いていたので、てっきりマンションも造っていると思ったが、そうではないらしい。

「最近は海外事業のほうが大きくなっているが、もとは国内から始まっているんだ。これから国内のリゾート開発にも再度力を入れる予定だ。それを俺が指揮する」

なるほど、それで国内勤務になるのか。

若くして新しい事業を任されるなんて、やはり優秀な人なのだろう。モルディブのリゾートも主となり開発に携わったようなので、実績も折り紙つきなのかもしれない。

エレベーターを降りたあと、彼は絨毯敷きの廊下を進み、とある一室の鍵を開けた。

「どうぞ」

「失礼します」

広い玄関には、天井まで届くシューズクローク。まっすぐに延びた廊下の左右にドアが五つあり、進みながら説明してくれる。

「ここは書斎、こっちが寝室。ここが空いてるから、好きに使うといい。あとはトイレとバスルーム」

彼が寝室のドアを少し開けたとき、キングサイズの大きなベッドが置かれているのが見えて、ドキッとした。あの情熱的な夜を思い出してしまったのだ。

「ここがリビング」

奥のドアに足を踏み入れると、三十畳近くはあるだろうか。広いリビングに驚いた。ライトグレーのソファに、ガラスのテーブル。ペンダントライトがすごくおしゃれだ。

彼がカーテンを開けると、大きな窓から東京の街並みが一望できた。

「すごい……」

ずっと平屋住みの私は二階ですらあこがれていたのに、こんな高層マンションに住むことになるとは。

神木さんは私をちらりと見ただけで、スタスタとキッチンに行ってしまう。

「なにを飲む？　好きな飲み物は？　……ビールか」

モルディブで初めて会ったとき、ビールを楽しんでいた印象が強いようだ。

「いえっ。普段はアルコールは飲まないんです」

「どうして？」

「お茶の味がわからなくなりますから」

正直に答えると、彼は驚いたように目を見開いている。

「そう。それじゃあ、なににする？　やっぱり、お茶？」

「紅茶、ありますか？　私、淹れます」

お茶や紅茶の淹れ方は心得ているし、自信がある。

「それじゃあ、頼んだ。ここに茶葉がある」

彼が開いたパントリーには、紅茶や日本茶の茶葉、そしてコーヒー豆の数々が勢ぞろいしている。

「こんなに？」

「うまいものを知るには、自分で試してみるのが一番だ」

「あっ、うちの紅茶まである」

花月茶園は日本茶がメインだけれど、紅茶も販売している。それまで置かれてあって驚いた。

「花月茶園の紅茶は香りが秀逸だ。そのまま飲むのもいいが、洋菓子に取り入れてもらおうと考えている。協力してもらいたい」

政略結婚の条件に出された商品開発について、もう具体的な案があるようだ。

「もちろんです。うちの会社は小さいですが、茶葉へのこだわりだけはどこにも負けないつもりです。日本茶はもちろん、紅茶も」

それなのに、伯父に台無しにされてしまったのが悔しい。

花月茶園の再建につながると、少し熱くなりすぎてしまった。神木さんは困惑気味に眉をひそめる。

「君は、仕事のことになると目の色が変わるんだな。さすが、仕事のために結婚を犠牲にできるだけのことはある」

彼の刺々しい言葉が胸に突き刺さる。やはり、愛のない婚姻を受け入れた私を軽蔑しているようだ。

でも……。

「神木さんだって同じじゃないですか。仕事のために私と結婚するんですよね」

なぜかすごく悲しくなってしまい、気がつけば強く反論していた。

「……すみません」

この結婚がなくなって困るのは私のほうなのに、生意気な口を利いたと即座に謝罪してうつむく。

「いや。君の言っていることは間違っていない。俺たちはどちらも、仕事のために愛を捨てたんだ」

〝愛を捨てた〟と明言されて、胸が痛い。その通りではあるけれど、諸手を挙げて政略結婚を引き受けたわけではないからだ。

「着替えてくる」

気まずい空気が流れる中、彼はリビングを出ていった。

私はそれから紅茶に手を伸ばした。

いかに冷たい言葉を吐かれようとも、お茶や紅茶に罪はない。いつも通りポットやカップを先に温める。

どれにしようか迷い、ダージリンのファーストフラッシュにした。春摘みのこの紅茶は収穫量が少なめで、緑茶のようなさわやかさがある。

美しい黄金色の紅茶をカップに注いでいると、いつの間にか神木さんがそばで見ていた。

「丁寧な仕事をするんだな」

先ほど冷たい言葉をぶつけられたので身構えていたけれど、意外にも褒めてくれる。

「ありがとうございます。毎日のように淹れていますので」

店のお客さまに、試飲用の日本茶や紅茶を淹れて出しているのだ。

「そう。それじゃあ、うちでも毎日頼む」

「はい」

いよいよ彼との生活が始まるのだと、気が引き締まる。

四人掛けのソファに少し離れて座り、紅茶を口にした。けれど、味なんてよくわからない。なんの話をされるのかと緊張が高まる。

神木さんはカップをテーブルに戻したあと、口を開いた。

「俺はこれまで海外の仕事ばかりしていて、あまり日本にはいなかった。だから、梢のこともくわしくは聞いていなくて」

梢とさらっと呼ばれて、心臓が跳ねる。妻になるのだから当然だろうけれど、あの晩、耳元で優しくささやかれて以来だからだ。

「はい。私も、神木さんのことはくわしく聞いていません」

愛を捨てたと言われたばかりでこの告白をするのは、ばつが悪い。しかし、モルディブで彼の名前を聞いても婚約者だと気づかなかったわけだし、さらには弟さんと名前を間違えていたくらいなので、承知しているだろう。

「俺の名前は教えたよな」

「はい。健人さんです」

「これから、そう呼んでくれ」

うなずいたものの、下の名で呼ぶのはやはり緊張する。

「仕事の話はまたするとして、結婚後に希望することがあれば教えてくれ」

これから結婚する男女とはとても思えない淡々と進む会話に、胸が痛い。

「できれば、花月茶園の仕事を続けたいです。フルタイムが無理でも、店にかかわっていたくて」

私が望むのはそれくらいだ。

「好きにすればいい。特に専業主婦になってほしいとは思っていない」

一番懸念していた仕事継続を認められて、安心した。

「ただ、うちの仕事も手伝ってもらいたいから、そのときは同行してもらうかもしれないが」

「もちろんです」

仕事面での協力は惜しまないつもりだ。

「神木さんは……」

「健人だ」

呼び方が違うと指摘されたけれど、最初は勇気がいる。

「すみません。……け、健人さんのご希望は？」

「俺、料理はまったくできないから頼みたい。朝は和食で、日本茶があるとありがたいんだが」

「えっ？」

てっきり、子づくりのことなどに言及されると思っていたので、拍子抜けした。

「会社に行くと、コーヒーばかりだから、朝は日本茶が飲みたい」

「わかりました」

そんなのお安い御用だ。私も和食のほうが好きだし、なにより日本茶を愛してくれているなんて、すごくうれしい。花月茶園からいろんな茶葉を持ってこよう。

「これから新しい国内リゾートを手掛けるから、忙しくなる。帰りが遅いこともあるし、突然の出張もあると思う。梢の予定を狂わせたら申し訳ない」

「とんでもないです。お仕事優先で」

そもそも政略結婚なのだし。

「ただ……」

彼は私に視線を送り、難しい顔をする。

ここからが本題なのだろうか。

「俺は今回の仕事にかけている。このプロジェクトのためなら、どんなことでもするつもりだ。梢も使わせてもらう」

「はい」

私を、使う?

どういう意味なのだろう。深くはわからないけれど、そもそも彼は仕事上のメリットのために私との婚姻を承諾したのだから、なにを求められても従うだけ。

「かしこまりました。私にできることであれば」

そう返事はしたけれど、胸がチクチクと痛んだ。彼と私の間には、決して愛など存在しないと確認させられたからだ。

白無垢を纏い、彼が婚約者だと知ったあのとき、一瞬期待してしまったから。健人さんと本当の愛を育めるのではないかと。

けれど、モルディブで出会った彼と目の前にいる彼は別人だ。

「梢も俺を使えばいい」

「えっ？」

「そのために結婚するんだ。花月茶園の経営がかなり傾いていると聞いたが」

伯父は資金援助を約束してもらったと話していたけれど、健人さんと直接話したわけではなさそうだ。彼は花月茶園の内情についてどこまで知っているのだろう。

「お恥ずかしいことに、資金繰りがうまくいっていません。銀行からも手を引かれてしまって……」

「そうか」

「でも、どうしても会社だけは守りたいんです。どうか、助けてください」

深々と頭を下げる。

「なぜ結婚を犠牲にしてまで会社を守ろうとするんだ？」

「祖父に託されたからです。両親を早くに亡くして、祖父が私の親代わりでした。会社の人たちも私をかわいがってくれて……。花月茶園の存続は、祖父の悲願なんです。

それに……」

「それに？」

私を促す彼は、真剣に耳を傾けてくれる。

「花月茶園のお茶が好きなんです。私に幸せをくれたから……」

私にとって花月茶園のお茶は、父や母との思い出そのものなのだ。父が丹精込めて作った煎茶を、母が日本一の味だと満面の笑みを浮かべて飲む姿が大好きだった。

あの店がなくなったら、そうした思い出すら消えてしまうようで寂しい。

「お客さまにも幸せを届け続けたい。……以前、常連のおばあちゃんが亡くなられて、娘さんが来店してくださったんですけど……」

あのときのことを思い出すと、今でも胸が熱くなる。

「食卓にいつもあったうちのお茶を飲むと、おばあちゃんのことを思い出す。だからこれからも買い続けると言ってくださったんです。そのご家族の歴史の一部になれていたんだなと思うとうれしくて。大げさかもしれませんけど、うちのお茶はそんなふうに幸せを運んでいたんだなって」

「そうか」

どこか満足げな笑みを浮かべてうなずく健人さんが意外だった。

「俺も日本に帰国するたびに飲んでいたが……去年は味が突然落ちたように感じた」

やはり気づかれているようだ。

「申し訳ありません。会社の権利を握っている伯父が、コスト削減だと茶葉の質を落としました。でも、もう好き勝手はさせません。今年は今まで通り上質な茶葉を全国から集めます。ですから、会社を――」

「よくわかった。会社が存続できるよう、できるだけのことはしよう」

気がつけば、熱く訴えていた。あきれられたのではないかと思ったけれど、彼は好意的だ。

「ありがとうございます。……健人さんは、どうしてこの結婚を？」

健人さんの理由も気になり、思いきって尋ねた。すると彼は私から視線を外し、物憂げな表情を見せる。

「俺は……約束したから」

「約束？」

「いや、なんでもない」

彼は口をつぐんでしまった。

なんの約束か気になるものの、それ以上聞ける雰囲気ではなく、紅茶を口に運んだ。

驚くことに、彼は三日後にイタリアに旅立つらしい。国内の仕事に専念するために、引き継ぎがあるのだとか。

帰国は四月の頭に予定されている挙式の直前となるようで、私たちが次に顔を合わせるのは挙式当日になりそうだ。

「ここにはいつ出入りしてもいいから、引っ越しを済ませておいてほしい」

「わかりました」

部屋の鍵を預かったあと、慌ただしくマンションを出た。今なら時間が取れるという彼の両親に会いに行くことになったのだ。

神木家や会社についてくわしく知らない私は、道すがら健人さんから話を聞いた。

「うちのルーツをたどると、その昔は朝廷に仕える公家だったらしい。それで、のちに伯爵の称号を与えられたと聞いている」

由緒正しき家柄すぎて、身が引き締まる思いだ。そんな家門に平凡な私が嫁いで大丈夫だろうか。

「広大な土地を所有していたことから、大正時代に不動産の仕事を立ち上げたとか。昔の屋号とは異なるけど、コンフォートリゾートという会社を経営している」

「あっ……」

その会社名に聞き覚えがある。たしか、世界三大リゾート開発会社のひとつだとネットニュースに出ていたはずだ。旅行会社や航空会社と組み、海外ウエディングを身近なものにしたという記事だったような。

「知ってる?」

「はい。すごく大きな会社だとネットで見ました。くわしくはわかりませんが……」

「知らなくても問題ないけど……うちの会社の方針としては、現地の環境をできる限り壊さないよう開発することを心がけている。海洋リゾートが多いけど、山岳リゾートも開発していて、国内で次に手掛けるのは山岳のほうだ」

想像以上の規模の大きさに、腰が引ける。

そんな会社の跡継ぎが、花月茶園のような小さな会社の協力が欲しいからと結婚までしてしまうのが信じられない。彼にとって結婚は、それくらいどうでもいいということの表れなのだろう。

話を聞いたら、余計に緊張が増してしまった。

コンフォートリゾートを現在束ねているお父さまはどんな方なのだろう。この特殊すぎる結婚を健人さんに勧めた人なのだから、お父さまも愛や恋などというものには興味がないのかもしれない。それくらいドライでないと、大きな会社は背負えないに違いない。

お父さまとお母さまが待っていたのは、『旬菜和膳』という老舗の日本料理店だった。この店にもお茶を売り込んだことがあるが、残念ながら採用に至らなかった。

「お待たせしました。こちら、長谷川梢さんです」

個室に入り、両親の対面に座った健人さんが、隣の私を紹介してくれる。

「初めまして。長谷川梢です。本日はお時間を作っていただき、ありがとうございました」

「初めまして。神木です。健人がなかなか戻ってこないから、挨拶がこんなに遅くなってしまって申し訳ない。長谷川さん、これからよろしく」

お父さまの好意的な態度に少し驚いた。ビジネスのための婚姻なのだから、もっと淡々としていると思っていたのだ。

「はい。ふつつか者ではございますが、どうぞよろしくお願いします」

頭を下げると、お母さまも優しく微笑んでくれた。

それからは食事をとりながらの会話となった。

「健人にはまったく結婚の素振りがなかったから、本当によかったわ。でも、急に結婚すると言いだして驚いたんですよ」

「えっ……」

お母さまの言葉に耳を疑う。

私たちの結婚を、健人さんから聞くまで知らなかったような言い方だったからだ。

伯父がお父さまに政略結婚を持ちかけて承諾されたのではないのだろうか。

「どこで知り合ったんだ？」

「モルディブのグランディスのお客さまだったんです」

健人さんはお父さまの質問ににこやかに答えるが、私は理解できないことだらけで、安易に口を挟めない。

「そうか。どこに出会いがあるかわからないな。あとは雅也だな。雅也も結婚しそうになくて、頭が痛いよ」

お父さまは茶化したように言うけれど、お母さま同様、私たちの結婚を祝福してくれているようだ。

「雅也は外交官をしていて、近々帰国するんだ。結婚式のときに会わせるから」

「はい」

健人さんに説明されてうなずいたが、いきなり様々な情報が入り乱れて混乱している。

意外にも、初顔合わせは終始和やかに進んだ。

驚きばかりだったけれど、歓迎されているのはありがたかった。

自宅まで送ってもらう車中で、口を開く。

「あのっ、ご両親は私たちが政略結婚だとご存じないのですか？」

「そうだな。恋愛結婚だと思ってる」

「どうしてですか？」

想像していた状況とは違い、戸惑いを隠せない。

「梢の伯父に対応したのは、海外を飛び回っている間、俺のサポートもしてくれていた父の秘書なんだ。花月茶園との業務提携について根回しに行ってもらったときに、姪と結婚しないかといきなり切り出されたそうだ」

「いきなり？」

「ああ。業務提携は、結婚が条件だと強く言われたらしい。こんな話、父の耳に入れるまでもないと思って、秘書から聞いた俺の一存で承諾した」

健人さん側も政略結婚に乗り気だと思っていたけれど、この様子では、伯父が一方的に迫ったに違いない。

「そんな……。申し訳ありません」

伯父はどこまで図々しいのだろう。こちらが頭を下げて資金援助を頼むべきなのに。

健人さんにお詫びしてもしきれない。

私が頭を下げると、ふーっとため息をつかれて身を硬くした。

罵声を浴びせられても仕方がない。それだけ失礼なことをして、彼の人生をかき回したのだから。

「正直に言うよ。俺は花月茶園にかなりの価値があると見込んでいて、今後の国内展開に欠かせない存在だと思ってる。だからこそ、結婚を呑んだわけだけど……伯父さんのやり方は少々失礼かと」

「おっしゃる通りです」

価値があると言ってもらえるのは光栄だけれど、花月茶園はコンフォートリゾートのような大企業と対等に渡り合える立場ではない。

「だから、結婚を盾に完全子会社化して、最終的にはコンフォートリゾートに吸収するつもりだった」

「そうだったんですね」

それではやはり、花月茶園の名はなくなってしまうのだろう。お茶に関する事業は続けられるかもしれないが、会社は畳むことになるのかも。

それも仕方がないと思いつつも、会社を守れないという落胆で目の奥が熱くなる。

「でも、梢の熱い気持ちを聞いて、気が変わった」

「えっ？」

「幸せを運んでくる花月茶園の茶葉がなくなったら困るご家族がいるんだろ？　それなら、つぶすわけにはいかない」

まさか、あの発言に共感してくれるとは思わなかった。

「絶対に悪いようにはしない。だから、今後店や会社をどう残していくかについては、俺に任せてくれないか。伯父さんとしっかり交渉する」

彼の言葉がありがたくて、そして歴史をつなげるという安堵で、ほろりと涙がこぼれてしまった。

「はい。お任せします」

「泣くのは早いぞ。まだこれからだ」

再会してから冷たく感じていたから、優しい言葉をかけられたのが意外で、モルディブで見せてくれた笑顔がふと頭に浮かぶ。

「そうですね」

彼の言う通りだ。いくら大企業に手を差し伸べてもらえたからといって、この先の事業が成功する保証はどこにもない。その結果いかんで、花月茶園の行く末も変わってくる。

とにかく今は、忠男さんたちの力を借りて最善を尽くすのみだ。

健人さんは私を店の裏手にある家まで送ったあと、すぐに去っていった。

挙式まで会えないというのに、名残惜しさもなにもない別れに心が痛むけれど、彼は花月茶園の未来を残してくれた。それで十分だ。

私は彼の車が見えなくなるまで見送り、家へと入った。

激しく揺れる心　Ｓｉｄｅ健人

モルディブで、幸福で心を満たされた心地よい朝を迎えたはずだったのに、つい数時間前まで俺の下で甘いため息を漏らしていた梢の姿が消えていて愕然とした。

最初は、リゾート地に女性ひとりでいるのが不思議で見ていたら、辛すぎるカレーを残すまいと汗をかきながら必死に口に運ぶ彼女から、目が離せなくなった。

融通が利かないのか、はたまた優しいのか。話しかけてみたら、後者だとすぐにわかった。

しかも、モルディブに来て『ようやく酸素がいっぱいの空気を吸えた』と彼女が目を輝かせたとき、一気に心が持っていかれた。

まさに、そういう場所を作るために動いているからだ。

現在は様々な経験を積むために海外リゾートを担当しているが、ずっと日本に理想のリゾート地を造りたいと目論んでいる。ライバル社とは一線を画すようなリゾート地を。

梢のおかげで、改めて自分の気持ちを確認したのと同時に、そんなふうに言う彼女にかなり興味が湧いた。

友人と来ていると話していた彼女だったが、俺を警戒してそう言っただけだとわかっていた。一緒に遊びに来てひとりで食事なんてありえないからだ。

案の定、シュノーケリングに向かうと友人の姿はなく、彼女ひとりだった。

仕事で滞在していた俺は、もちろん彼女に下心なんてなかった。

ただ、シュノーケリングの最中に見せた無邪気な笑みや、急遽お願いした花嫁役を戸惑いながらも必死にこなす姿、そして会話の端々から真面目でまっすぐな彼女の性格をうかがい知れて、かなり好印象だった。

そんなところに、好きでもない人との結婚が決まっていると告白されて、心が激しく揺さぶられた。俺と同じ立場だったからだ。

そして、最後の自由を満喫しにモルディブに来たのだと理解した。

グランディスで週に一度の恒例行事となっているカクテルパーティで、彼女がナンパされているところを目の当たりにしたとき、火がついたように怒りが込み上げてきた。

覚悟のない男になんて、奪わせない。

心の奥底からそんな感情があふれてきて、気がつけば男から引き離し誘っていた。

彼女のみずみずしい肌に舌を這わせながら、自分の心に起きた大きな爆発に驚いてもいた。

これまで女性に対して、誰にも触れさせたくないとか、自分だけのものにしたいとかいう激しい独占欲を抱いたことはなかったからだ。

その晩は、夢中になって彼女を抱いた。彼女もまた俺を求めてくれた。それがたまらなく心地よくて、ひとときの愛に酔いしれた。

互いに婚約者がいながらの行為に、罪悪感がなかったわけではない。けれど、どうにも止められなかった。これほど理性が働かなかったのは、おそらく初めてだ。

十分に潤い準備が整った彼女とひとつになろうとしたときひどく痛がるので、初めてだとわかった。

驚きのあまり腰を引いたが、彼女は続けるようにせがんだ。そして俺も彼女が欲しくてたまらず、できる限り優しく貫いた。

自分の下で悶える梢が、桜色の唇の隙間から甘い吐息を吐くのを見ているだけで、達してしまいそうになる。

出会ったばかりなうえ、別の女性と結婚が決まっている状況で愛をささやいても嘘っぽいとこらえたが、心の中では好きだと叫んでいた。

もしかしたら、意のままに生きられない者同士の、傷を舐め合う行為だったのかもしれない。あっという間に恋に落ちたのも、現実から目をそらしたかったからだろう。

せめて最後に、自分の意思で選んだ相手と愛のあるセックスがしたかったのだ。

だからこそ丁寧に、そしてありったけの愛情を注ぎながら、彼女を抱いた。

その晩は、これまでに感じたことがないほど幸せな時間だった。

それなのに、朝の挨拶をすることすらできず、彼女は俺のもとを去った。

心が通い合ったと思ったのは自分だけだったのだ。

そんな絶望で激しく落胆した。

太陽の光を反射して幻想的な光景を作り出す青い海をひとりで見つめながら、頭を抱えた。

これは、ひと晩のただの火遊びだったんだ。

そう自分に言い聞かせても、言い知れない虚しさが襲ってくる。

彼女を抱きながら、婚約破棄を決意したというのに。気持ちが盛り上がっていたのは俺だけだったなんて。

梢との夜を必死に忘れようと仕事に没頭し、帰国してすぐに婚約者に会いに行くことにした。これが自分の運命だと、結婚を受け入れることにしたのだ。

そもそも仕事の成功のために、この結婚に乗ったのは俺自身だ。

長年にわたり秘書として父を支え、俺のサポートもしてくれる五十代の男性、尾形さんは反対した。

けれど、俺には国内の事業を成功させるという強い野望がある。大切な友との約束を果たしたいのだ。

おまけに、これまで近づいてきた女性が会社の跡取りという地位や金目当てばかりで、結婚というものに希望を抱けないでいたため、名も知らぬ女性と結婚することに戸惑いはなかった。

――梢に出会うまでは。

すべて自分が決めたことだと、花嫁衣裳を頼んであった峰岸織物に向かい、鏡に映る女性を見た瞬間息が止まった。

白無垢を纏っていたため印象は違ったが、間違いなく俺の前からあっさり姿を消した梢だったからだ。

もしや、俺が婚約者だと気づいていたのではないかと思ったが、同じように目を見開く彼女を見てそうではないとわかった。どうやら弟の名を間違って教えられていたらしい。

再び梢に会えた喜びが胸に広がった一方で、忘れると決めた彼女への未練がぶり返してきた俺は、怒りも覚えた。

あの朝、腕の中にいたはずの梢が消えていて、どれだけ落胆したか。あの晩をただの思い出にはしたくないと心を決めたというのに、梢はあっさり俺を捨てて現実に戻っていった。

いや、そもそもひと晩だけの関係だったはずなのに、彼女に夢中になった俺の負けだ。きっと彼女も同じ気持ちのはずだと期待した俺の。

自分勝手な感情で彼女に腹を立てるのは間違っているとわかっていても、心のもやもやは消えず、素っけない態度をとってしまった。

けれど、梢の花月茶園に対する熱い気持ちを聞き、一度体を重ねただけの俺の存在など、会社を存続させるという彼女の強い思いと同じ土俵に立てる域に達していないのだと納得もした。

梢の伯父から提案された結婚を受けただけで、彼女を苦しめる意図はまったくない。むしろ相手のほうが、この政略結婚に積極的だと思い込んでいたのだ。

モルディブで好きでもない人に嫁ぐと告白したときのつらそうな顔を思い出した俺

は、資金援助だけして婚約から解放してやるべきではないかとも考えた。

けれど、姪をあっさり売るような伯父の近くに置いておいたら、また別の男に嫁がされかねない。

そう思った俺は、この結婚を予定通り進めることにした。


引き継ぎで海外を飛び回り、ようやく帰国できたのは挙式前日の夜だった。

マンションの鍵を渡して引っ越しを済ませておくように言っておいたので、帰宅したら見覚えのない荷物が増えていて、かすかに頬が緩んだ。

あっさり姿を消した梢にがっかりしていたのに、彼女に会えると思うとうれしい。

梢が現れてから、自分の気持ちの変動に戸惑いっぱなしだ。

彼女はいなかったものの、冷蔵庫に食事が用意されていて驚いた。今日帰国すると伝えてあったので、気を使ったに違いない。

メニューは和食。味の染みた肉豆腐と、れんこんと人参のきんぴら、春キャベツとしらすの煮物、なめこの味噌汁だ。

海外から戻ると無性に和食を食べたくなるのだが、店に行かずとも用意されていることに感動を覚えた。

「いただきます」

早速手を合わせて、温めた料理を口に運ぶ。味付けは全体的に甘めだったが、これが疲れた体にはちょうどいい。

多すぎると思ったのにおいしくて箸が進み、平らげてしまった。

日本茶を飲もうとパントリーを開くと、花月茶園のお茶の数々が追加されていて、口角が上がる。

「どれにしようか」

久しぶりの日本茶だからと、少し値が張る玉露(ぎょくろ)に手を伸ばした。

翌朝は早めに挙式をする神社に赴いた。花嫁衣裳の支度に時間がかかる梢は、すでに控室にいるはずだ。

神社の鳥居をくぐると、弟の雅也が待ち構えている。

「遅いんじゃない?」

十日ほど前に帰国したばかりの雅也は、直前の赴任先のエルサルバドルが過酷だったのか、少し顎がシャープになった気がする。

「そうか? これでも早めに出てきたつもりだけど」

イタリアからの十三時間に及ぶフライトはさすがにこたえたようで、体が重い。とはいえ、まだ指定された時間の一時間前のはず。

「花嫁放置して外遊してたんだから、式の日くらい迎えに行けばいいのに」

「遊んでたわけじゃない。仕事だ」

雅也だってわかっているだろうけれど、妻を大切にしろと言いたいに違いない。

「随分電撃的だな」

俺が結婚に興味を持てないことを知っていた雅也は、かすかに笑う。

「人生のなにかが動くときなんて、そんなものだろ」

なんて、もっともらしいことを言ってみたが、雅也は勘が鋭い。この結婚に裏があることを見抜いているような気もする。

俺が適当に答えると、彼は小さくため息をついた。

「兄貴に説教するのもあれだけど……。過去にとらわれる気持ちはわかる。でも、兄貴の人生は兄貴のものだぞ。自分を大切にしない兄貴を見て、誰が喜ぶんだよ。それに、結婚となればお相手の人生も巻き込むんだ。奥さんを傷つけるようなことがあれば……」

やはり、これが政略結婚だと気づいているのかもしれない。雅也は奥歯に物が挟まったような意味深長な言葉を紡ぐ。

「心配するな。彼女のことは一生守っていくつもりだ」

「えっ？」

俺の返事が予想外だったのか、雅也は目を見開いた。

「彼女は傷つけていい女じゃない。そんなことはわかってる」

いや、本当はわかっていなかった。政略的な結婚だと割り切り、花月茶園を乗っ取って意のままに操ることしか考えていなかったのだから。

梢のことも、初めはコンフォートリゾートの金が目的だとばかり思っていた。けれど、彼女によこしまな気持ちなどなく、純粋に会社の歴史をつなぎ必要としている人にお茶を届けたいという思いで自分の人生をなげうとうとしている。そんな姿に、心が動いたのだ。

そもそも俺と梢の覚悟が違った。

俺は花月茶園の娘との縁談がなかったことになっても、仕事上の取引を模索できた。しかし梢は、この結婚がなくなればすべてを失う。まさに背水の陣で、政略結婚を受け入れたのだから。

「兄貴がそんなことを言うとは思わなかった」

雅也はかすかに頬を緩めて続ける。

「ところで、本当にあの家、借りてもいいのか？」

父が所有している邸宅のことだ。いつか俺が結婚したときに住むようにと空き家になっていたのだが、しばらく外務省勤務となる雅也に使うように伝えたのだ。

「もちろんだ。彼女と一緒でもいいと話しただろ？」

「俺に女がいないと知ってるくせして、嫌みなやつだ」

雅也の表情がほころんだ。

「子供ができたら、引っ越すよ」

あの家は、会社から遠くて少々不便だ。ただ、庭もあるし周囲の環境もいいので、子育てには最適だろう。

「それじゃあ、とりあえず遠慮なく借りる」

「おお。そろそろ準備に行ってくる」

俺は雅也との会話を切って、控室へと向かった。

それにしても、梢との結婚だけでなく、その先の未来についても考えている自分に驚いた。

本当の顔はどっち？


ずっしり重い白無垢を纏うと、緊張が高まっていく。

健人さんに抱かれたあの晩からずっと心の中でくすぶる彼への想いを封印して、私は花嫁になる。

健人さんが政略結婚の相手だと知ったときは、心にかすかな喜びが広がった。けれど、やはり別の人のほうがよかった。この結婚には愛を期待してはいけないからだ。

健人さんが時折見せる優しさに戸惑いつつも、これは会社存続のための婚姻なのだと自分に必死に言い聞かせた。

けれど、健人さんと過ごしたあの情熱的な夜だけは忘れない。あのとき与えられた愛は、たしかに本物だったと信じたい。

その思い出を胸にしまい、健人さんが望む妻の役割だけを果たして生きていく。

赤い紅を引き、綿帽子を被せてもらうと、紋付羽織袴姿の健人さんが控室に入ってきた。

婚約者として初顔合わせした日以来の彼は、心なしか疲れた表情をしている。

健人さんが近づいてくると、着付けをしてくれた係の人が部屋を出ていき、ふたりきりになった。

「おかえりな——」

「きれいだ」

帰国の挨拶をしなければと思い立ち上がると、健人さんは私の言葉にそう被せてきた。

「ありがとうございます」

彼のほうがどう考えたって素敵だ。いつもはふんわりと下ろしている長めの前髪をワックスで整え、目鼻立ちのはっきりした顔がいっそう際立っている。

でも、なんと言ったらいいのかわからず、うつむいて口をつぐむ。

私の目の前までやってきた健人さんは、再び口を開いた。

「緊張しているのか？」

「はい、少し」

挙式が始まるからではなく、健人さんが目の前にいるからだ。

正直に答えると、彼は不意に私の手を握る。

「俺がいる。大丈夫だ」

「えっ……？　はい」

モルディブのときと同じ優しさを見せられると、どうしたって胸が高鳴ってしまう。

これは政略結婚だと思おうとしても、心がそれを拒否する。彼に本気で惹かれているのだと突きつけられた気がした。

桜の花が満開となった神社の境内を、神職と巫女に導かれてゆっくり進む。

笙、横笛、篳篥などの厳かな音色が響き、凛とした空気に心が洗われるようだ。

隣の健人さんはまっすぐ前を見据えて、引き締まった表情をしている。

この結婚に、愛が存在すればいいのに。

私はずっとそんなことを考えていた。

無事に神前式が終わったあと再び境内に出ると、健人さんは仕事の関係者に囲まれた。

というのも、政略結婚だったがゆえか、披露宴を行わないからだ。そのため、ひと言お祝いだけでも伝えたいと、取引先の人たちが境内に押し寄せたのだ。

最初は健人さんの隣で、首振り人形のように会釈をしていたが、どの人も私になど興味がないのがわかる。

「雅也」

　突然健人さんが近くにいた弟を呼んだ。私が婚約者だと聞かされていた人だ。

　健人さん同様背の高い彼は、口元がなんとなく健人さんに似ている。

「すまないが、梢を頼む」

「えっ？」

　なにか粗相をしたのだろうか。顔が引きつるのを感じながら雅也さんとともに健人さんから離れた。

　桜の木の下まで移動すると、優しい表情の雅也さんが口を開く。

「そんなに難しい顔をしないでください。兄はあなたを逃がしただけですよ」

「逃がした？」

「はい。兄は忙しい人ですから、なかなかアポイントが取れないんです。彼らはお祝いというより顔を売りに来ただけで、そんなところにあなたを置いておきたくなかったんですよ」

　健人さんがコンフォートリゾートの御曹司だと知ってから、会社について調べてみた。そうしたら、驚くような記事がたくさん出てきた。

　コンフォートリゾートは不動産業界だけでなく、日本経済をけん引するような存在なのだとか。売上高二兆八千億円を誇り、国内同業者の追随(ついずい)を許さない。頭ひとつ抜きんでている。

すでに世界三大リゾート開発会社のひとつに名を連ねているが、海外の企業との吸収合併を積極的に進めており、世界単独トップの地位を手にするのも時間の問題だとささやかれるほど。

なかでも世界各国のリゾート地で手腕を振るう健人さんは、現地の新聞にも取り上げられるくらい有名で、財界の帝王と呼ばれているようだ。

そんな健人さんに関係者たちが顔を売りたい気持ちはよくわかる。

「申し遅れました。弟の雅也です」

「梢です。どうぞよろしくお願いします」

お辞儀をしながら、健人さんの配慮に驚いていた。あれほどの人たちの対応をしながらも私を気にかけてくれていたとは。

「ご存じかと思いますけど……。兄は冷めて見えますが、熱い男です。自分からは決して言いませんけど、コンフォートリゾートを引っ張る存在になるために努力を重ねてきました」

雅也さんはそう言って、私に優しく微笑みかける。

「兄は仕事のためなら、あっさり自分を犠牲にしてしまう。結婚に興味がなかった兄が電撃的に結婚すると聞いて、正直、政略的なものかと思っていました」

雅也さんの的を射た発言に、心臓がギュッと縮こまる。

「でも、今朝兄と話をして、勘ぐりすぎだったと反省しました。どうか兄をよろしくお願いします」

雅也さんに深々と頭を下げられて慌てて腰を折ったが、頭の中は真っ白だった。だって、この結婚は彼の想像通り政略結婚だからだ。

彼は健人さんとどんな会話をしたのだろう。

「私はお邪魔のようなので、失礼します。またお会いしましょう」

雅也さんが離れていったのは、近づいてきた忠男さんたちに気を利かせたからのようだ。

「梢ちゃん、きれいだなぁ」

「ありがとうございます、忠男さん」

今日は店を臨時閉店にして工場のラインも止め、従業員たちが駆けつけてくれた。長年苦楽をともにしてきた彼らのためにも、なんとしても会社を存続させたい。

「梢さん、写真いいですか？」

「もちろんです」

一番若い男性従業員に言われて、皆で写真に納まることになった。

ちょうど風が吹いてきて、桜の花びらが空に舞う。

風光る今日の新しい一歩が、幸福につながっていることを祈るばかりだ。

そんなつかの間のほのぼのとした空気を乱したのは、にやにや笑いながら近づいてきた伯父だった。

「馬子にも衣裳だな。俺に感謝しろよ。こんないい縁を持ってきたんだからな」

結婚を承諾しなければ会社がつぶれると脅しただけなのに、どの口が言っているのだろう。

怒りが込み上げてきたけれど、健人さんの会社の関係者だらけのこの場所では、余計なことは口に出せない。

「あなたね」

「忠男さん、大丈夫です」

忠男さんが私の前に体を滑り込ませてかばってくれようとしたが、止めた。とにかく健人さんの顔に泥を塗りたくない一心だった。

「私たちの縁を取り持ってくださった長谷川さんには、感謝しております」

そう言いながら、健人さんが近づいてきた。

彼は私の隣に歩み寄ると、背中に手を置き続ける。

「こんなに美しくて聡明な妻を持てた私は幸せ者だ。花月茶園のこれからは、妻と力を合わせてしっかりと守ってまいります。どうぞ長谷川さんは心置きなくご隠居ください」

健人さんは余裕の笑みを浮かべながら、伯父に鋭いひと言を突き刺した。

その大胆な発言に驚いているのは、私だけでなく伯父もだ。

「い、隠居するとは言っていない」

私は伯父に、結婚したら会社にはかかわらないでほしいと懇願した。けれど、そんな口約束を守ってくれるような人ではないのは百も承知だ。社長としてそれなりの給料を懐に入れているのだし。

「おっしゃってはいませんね。サインしただけで」

「サイン？」

伯父は首をひねる。

「秘書の尾形が、今後の契約の提案をさせていただいたとき、書類にサインされましたよね」

「まさか……」

伯父の顔が途端に青ざめた。

これからについては健人さんに一任したものの、すでになにかしらの契約を交わしているなんて初耳で、緊張が走る。

「契約書を隅々までお読みいただいていないのですか？　今後、花月茶園の経営のすべてを弊社が請け負うと記してあったはずですが」

きっと、大金が舞い込むと浮かれた伯父は、ろくに読みもせず印を押したに違いない。

「あ、あの会社は俺が相続したんだぞ」

「そうかもしれませんが、従業員ごと買い取りましたので、人事権も代表権も弊社にあります。私は弊社社長より花月茶園の事業について一任されました。早速ですが、あなたには社長を退いていただきます」

買い取った？　資金援助をしてくれるのだとばかり思っていたので、驚きのあまり瞬きを繰り返す。

「はっ？」

突然の退職勧告に、伯父は放心して立ち尽くす。

「茶葉について知識もなく経営手腕もない人間が、会社を経営できるほど社会は甘くない」

健人さんがあまりにはっきりと言いきるので、場の雰囲気が凍る。けれど、花月茶園の従業員たちの総意そのもので、心の中で拍手を送った。

それにしても、健人さんが伯父を追い出してくれるとは思いもよらなかった。

今後、経営権はコンフォートリゾートに移るだろう。でも、健人さんは店の存続を約束してくれた。きっと今よりよいほうに転がるはずだ。

「次の社長を決定するまでは、私が花月茶園の代表を兼任します。そのうえで、経営については妻に、商品の品質管理については茶師の方に一任します」

自由にやらせてくれるつもりなの?

なんてありがたいのだろう。健人さんに感謝せずにはいられない。

伯父は拳(こぶし)を震わせ顔を真っ赤にしている。しかし、契約書にサインをしたのは伯父自身だ。

「本日は、私と梢の晴れの日です。この好天を曇らせるおつもりでしたら、お引き取りください」

健人さんは桜吹雪が舞う空を見上げて、優しい表情で言った。すると苦虫を噛みつぶしたような顔をした伯父は、神社を出ていった。

「皆さん、いろいろご心配だと思いますが、花月茶園は存続させるとお約束します」

健人さんは、従業員にそう明言する。すると、忠男さんたちの顔に喜びが広がった。

「改めて店に伺うつもりだったのですが、こんなことになってしまったので……。今後は、経営については私がすべての責任を負いますが、妻に指揮権を渡そうと思っております。なにか異論があればお聞きしますので、日を改めて――」

「ありません。梢ちゃんが適任だ」

忠男さんが即答するので、目を瞠る。

「賛成」

ほかの従業員たちが賛同の拍手を始めるので、感激の涙がこぼれてしまう。

「妻を認めてくださり、ありがとうございます。私も微力ながら尽力させていただきます」

健人さんがまるで本当の夫のような発言をするので、余計に涙が止まらない。

「泣きすぎだぞ、梢」

「すみません」

謝罪すると、健人さんがそっと頬の涙を拭ってくれる。モルディブでの優しい彼そのもので、胸に込み上げてくるものがある。

「神木さん、どうか梢ちゃんを幸せにしてください。梢ちゃんほどいい子はもう見つかりませんからね」

忠男さんまで涙を流しながら、健人さんに懇願してくれる。

彼だけは、これが政略結婚だと理解している。だから、ずっと結婚に反対していたけれど、健人さんの人柄を認めたということだろう。

「はい。お約束します」

健人さんの力強い宣言に、胸が温かくなる。

もしかしたら、忠男さんたちを安心させるために取り繕っているだけかもしれない。そうだとしても、私にとって家族も同然の従業員への配慮がありがたくて、健人さんに感謝した。

彼のおかげで、思いがけず感激の涙を流すほど、結婚式がよい思い出として胸に刻まれた。

挙式のあと、健人さんとともに彼のマンションに向かった。引っ越しのために何度か足を踏み入れてはいるけれど、いまだに慣れなくて落ち着かない。

リビングに入っていく健人さんの広い背中を目で追っていると、心臓がドクドクと大きな音を立て始める。どうしたって、彼に溺れたあの夜を思い出してしまうのだ。

「どうした？」

「いえ」

「そこ座って」

彼は足が止まった私を気遣い、ソファに促してくれる。

「はい」

「日本茶がいい？」

「あっ……。私が」

緊張のあまり気が利かない私は、慌ててキッチンに向かった。

「疲れただろ？　座ってて」

「でも、私が」

彼から茶葉を取り上げようとすると、すっと手を引かれてしまう。

「意外と頑固なんだな」

「……すみません」

頑固かもしれない。もっと機転を利かせられれば、きっと伯父からの理不尽な要求も適当にかわし、花月茶園を窮地に追いやることはなかった。

「違うか。頑固じゃなくて、真面目すぎだな。別にお茶を淹れるのは妻の仕事じゃない。どっちでも飲みたいほうが淹れればいいんだ。だから、梢はあっち」

健人さんはソファを指さしてもう一度私を促す。私はお言葉に甘えてキッチンを離れた。

「いただきます」

テーブルに出されたお茶を早速口に運ぶと、花月茶園でもっとも売れている煎茶だとすぐにわかった。渋みを抑えてあり、飲みやすい。

「梢は……」

「えっ？」

「本当にお茶が好きなんだな。お茶を飲んでいるときだけは、緊張も警戒心も薄れてる」

警戒心と言われて、ドキリとする。

健人さんが優しい人だと知っているのに、仕事のためならどんなことでもするだろう彼が、少し怖いのだ。

「そんなことは……。今日は助けていただいて、ありがとうございました」

「あそこで助け舟を出さなければ、俺の顔がない」

だから助けてくれたの？

たしかに、取引先の人たちが多く見ていた。職業人としてだけでなく、妻を守るという夫としての有能ぶりを見せつけたかっただけなのだろうか。

あのときはあれほど感激したのに、ビジネスライクな彼の態度が残念だ。

あなたの本当の顔はどっち？

とはいえ、伯父から助けてもらったのは事実。それに忠男さんたちも安心した様子だった。それで十分だ。

「はい。今後は、決して健人さんの足を引っ張らないようにします」

そう伝えると、彼は一瞬驚いたように目を大きく開いたあと視線を落とした。

今の反応はなんだったのだろう。

「この家では自由にしてもらって構わない。ただ、外泊するようなときは連絡してくれ」

外泊？　まさか、浮気を容認すると言っているの？　つまり、健人さんの浮気も目をつぶれということだろうか。

モルディブでのひと晩が、誤解を与えてしまったのかもしれない。婚約しているのに、彼に抱かれたのだから。そういうことが平気でできると思われているのだろう。

あの晩は特別だった。けれど、軽い女だと思われても仕方がなく、なにも反論できない。

「……はい」

動揺が走ったものの、うなずいた。

俺に堕ちて　Ｓｉｄｅ健人

花嫁姿の梢は、とてつもなく美しかった。

白無垢を纏った姿はすでに見ていたが、化粧を施し綿帽子を被った彼女は緊張のせいか引き締まった表情をしており、いっそう光り輝いていた。

俺が忙しすぎてまともにリハーサルもできなかったため、リードしなければと気負っていたが、まったくその必要もなく挙式を終えた。

ところが、取引先の人たちに挨拶をしていると、政略結婚を仕掛けてきた伯父が梢をなじる様子が目に飛び込んできて、怒りのメーターが振り切れた。

必死に怒りをこらえつつ、苦しげな顔をする梢の前に立ち、伯父を追い詰めた。

そもそも彼がコスト削減を強制しなければ、花月茶園の経営が傾くことはなかったはずだ。

従業員たちが、伯父の理不尽な横やりに耐えて働き続けているのは梢がいるからだと尾形さんから聞かされていた俺は、彼女に指揮権を渡すと宣言した。そのときの従業員のホッとした様子から、本当に梢は愛されているのだと感じた。

帰宅したあと、同居に緊張している梢に今日のお礼を言われて、『あそこで助け舟を出さなければ、俺の顔がない』と、少し冷たい口調で言ってしまった。

俺の顔なんてどうでもいい。本当は伯父を殴ってしまいたかったほどだ。

けれど、モルディブの夜を特別に感じているのは俺だけなのだと思うと、本気で彼女を愛してしまったと知られたくなかった。

隣で眠っているはずの梢が消えてから、ずっと考えていた。この人しかいないと思うほどの強い感情に揺さぶられ、梢を夢中で抱いた。そして婚約破棄を決意した。

けれど、本当にあれは愛だったのだろうかと。

一生隣を歩くパートナーを自分の意思では決められない梢と、仕事のために愛を捨てた自分。似た境遇に心が共鳴し強く求め合っただけで、愛があったなんて錯覚だったのではないかと。

でも、どれだけ梢への気持ちを打ち消しても彼女の顔が浮かぶ。たった数日、しかも短時間語り合っただけなのに、これほど気持ちが傾くのが自分でも信じられなくて戸惑うほどだったが、どうしても忘れられなかった。

それはきっと、出会ったばかりのときに彼女が、命の洗濯ができると口にしたのも大きい。彼女の心にどんな影があるのかひどく気になったのと同時に、俺が目指すリゾートを達成できていると褒められた気がして、心が動いたのだ。

これまでも、グランディスを褒めてくれる人は多数いたが、あんな褒め方をしてくれたのは彼女だけだった。

しかし、梢はあの日、モルディブの海にすべて捨ててきたのだと思ったら、どうしてもぎこちなくなってしまう。

大人げないのはわかっているが、自分でも感情をうまくコントロールできない。こんな経験は仕事でもしたことがなく、自分自身に戸惑っている。

外泊するときは連絡してほしいと伝えたら、なぜか梢は驚いたように目を丸くしていた。

俺自身、常にパスポートを持ち歩き、突然海外に飛んでしまうような生活をしていたので、俺も連絡するからという意味で口にしたのだが、愛してもいない夫に縛られるのは不快だったのだろうか。

本当は同じマンションで生活するのも嫌で、ずっと店の裏にある祖父の残した家にいたいのかもしれないと思ったら、胸が痛くなった。

とはいえ新婚早々別居もおかしく、それは撤回しないでおいた。

今日は、新婚初夜だ。

先に梢を風呂に促したあと俺も入ってベッドルームに向かうと、彼女はベッドの隅ですでに眠ってしまっていた。

風呂に入る前までは、同じベッドで眠ることに緊張している様子だったが、早朝から着付けをし、多くの人の注目を浴びながら完璧に挙式を済ませ、相当疲れたのだろう。

「梢」

小声で彼女の名を呼んでみたが、起きる気配もない。

彼女の横に体を滑り込ませて眠ろうとしたものの、隣から聞こえる寝息が気になって眠れない。もちろんうるさいからではなく、幸せだからだ。

俺は彼女の顔の横に両手をつき、すやすやと眠る姿をまじまじと見ていた。

どうしたら、俺に堕ちてくれるんだ？

「梢」

もう一度あの夜のように、俺を求めてくれないか。

こらえきれなくなった俺は、彼女の額にこっそりキスをした。

翌朝目を覚ますと、すでに梢の姿がなかった。

寝落ちしたことを焦っているのだろうなと思いながらキッチンに向かうと、いい香りが漂ってくる。朝食を作ってくれているのだ。

ドアを開けた瞬間、彼女がこちらを見てばつの悪そうな顔をする。

「おはよ」

「おはようございます。すみませんでした」

いきなり深々と頭を下げての謝罪が少しおかしい。そんなに気を張っていては、この先疲れてしまうだろう。

俺は隣に歩み寄り、顔を上げさせた。

「なにを謝ってるんだ？」

「昨日、寝てしまって……」

「初夜を期待してたのに？」

ずばり切り込むと、彼女は大きな目をいっそう見開き固まっている。

愛をささやけば、俺に堕ちてくれるだろうか。いや、店の存続のために仕方なく結婚した彼女の負担になるのも悪い。あの伯父に抑制された人生を歩んできたのだろう。だとしたら、自由にしてやりたい。

そんな葛藤が渦巻き、抱きしめたい衝動をこらえた。

ちょっと攻めすぎたと反省して話を変える。

「なすの煮びたし、好きなんだよ」

すでにできあがっている料理に目をやり言うと、彼女はうれしそうに微笑む。

もっとこういう顔が見たい。

「もうできますので、座っててください」

「全部やらせてごめん」

なにせ料理はからきしできず、せいぜいご飯を炊けるくらいなのだ。もちろん、炊飯器で。

「気にしないでください。ひとり暮らしが長いですから、それなりにはできるので」

梢がこれまでどんな生活を送ってきたのか、まだよく知らない。

幼少の頃に父と母を立て続けに亡くして祖父に育てられ、祖父の死後は伯父の保護下に入ったことは尾形さんから聞いている。花月茶園の裏にある祖父が残した家にひとりで住んでおり、伯父が名ばかりの後見人だったことも。

両親を失い苦労してきただろうに、これほどまっすぐ育っているのは、祖父や店の人たちにかわいがられたからのようだ。

そんな彼女が、会社を第一に思う気持ちは理解できる。俺は、それを越えなければ相手にしてもらえないだろう。

「ひとりで寂しくなかった?」

茶碗を出しながら尋ねると、玉ねぎの味噌汁をよそおうとしていた梢の手が止まる。

「ひとりじゃなかったので、大丈夫です」

彼女はそう言いながら口角を上げたが、悲しげな目をしていた。

祖父や店の人たちがいても、実の両親を亡くした寂しさがもちろんあったはず。けれど梢は、そうした気持ちをひた隠して笑って過ごしてきたのだろう。

「そっか。これからもひとりじゃないからな」

炊飯器の蓋を開けながら言うと、彼女はハッと俺を見つめた。

この夫婦生活を梢が望んでいるわけではないとわかっている。でも、どうしても伝えたかった。俺が必ず支えると。

「……はい。ありがとうございます」

「うん」

「ちょっ……。私、そんなに食べられませんよ?」

ふたつの茶碗にご飯を山盛りにしたからか、梢が噴き出している。

「細いから食べたほうがいいぞ」

「無理ですよ、そんな」

「しょうがないな」

茶碗からはみ出したご飯を炊飯器に戻す。

こんな些細な会話でも心が弾むのは、やはり彼女を愛しているからだろうか。

梢が淹れてくれた煎茶もテーブルに運び、食事を始めた。

「いただきます」

まずはお茶をひと口。ほのかな渋みと奥深い甘みが最高にうまい。

「うん。いい」

簡単すぎる感想を述べただけなのに、梢は本当にうれしそうに顔をほころばせる。

彼女は花月茶園のお茶が好きだと堂々と宣言したが、本当にそうなのだろう。

「最近は日本茶より紅茶とかコーヒーという人のほうが増えて、なかなかそう言ってもらえないんです」

「それでフレーバーティか」

何気なく漏らすと、梢は目を見開いた。

「よくご存じなんですね」

「俺も花月茶園のお茶のファンだからな」

日本茶にいちごや桃、ゆずなどを加えて、香りに工夫したお茶を三年ほど前から取り扱っていて、俺もいくつか購入して飲んだ。

「ありがとうございます。最初は邪道だと反対する従業員もいたんですけど、やっぱり若い人にはそういう工夫をしないと受け入れてもらいにくくて」

「いいと思うけどね。オーソドックスな煎茶も大切にしつつ、新しい道を模索したって。リゾートもそうだ。常に考えを上書きしていかないと、成功はありえない」

こだわりの部分までも妥協する必要はないが、利用する側の意見も取り入れて工夫しなければ、先細りの未来しか見えない。

「お客さまにそう言ってもらえるとホッとします。店に並べているのは、すごい数のフレーバーを試して厳選したものだけなんです」

真剣に商品開発に取り組んだだろう梢の姿が、容易に頭に浮かぶ。

「それでいいのに」

「えっ？」

だし巻きたまごに手を伸ばしていた梢の動きがぴたりと止まる。

「仕事の話をしているときの梢は、本当に楽しそうで顔がほころんでる。俺との会話も、なんの気兼ねもいらない。もしかしたら意見がぶつかってけんかするかもしれないけど、それもいいじゃないか。せっかく夫婦になったのに、遠慮ばかりでは疲れるぞ」

「あっ……。はい」

一瞬戸惑いを見せた彼女だったが、直後白い歯を見せたので安心した。

ここは、俺にとっても梢にとっても安らげる場所であってほしい。外では闘わなければならないから、なおさらだ。

「梢も、三日間休みを取ったんだよね？」

「はい」

「買い物に行かないか？　疲れてる？」

特に新婚旅行の予定もなく、三日間だけ休暇を取った。のんびりしようと思っていたけれど、梢と楽しい時間を共有したくなった。

「いえ、行きます！」

断られるかと思ったけれど、彼女の声が弾むので安堵した。

ランチを外で食べることにして、十一時くらいに家を出た。まず向かったのは、和食器の専門店だ。

　今はとあるブランドの白い食器をそろえているのだが、せっかく梢がうまい和食をこしらえてくれるのだから、器から凝りたいと思ったのだ。

「素敵。いっぱいある……」

「どれがいい？」

　目を輝かせる彼女が最初に手にしたのは、信楽焼（しがらきやき）のご飯茶碗だった。

　ざらりとした土の温もりを感じさせる優しい印象のそれは、梢の作ってくれる料理にぴったりだ。

「いいね、これ。このシリーズで統一しようか」

　おそろいの皿や器を手にすると、彼女はなぜか焦りだした。

「待ってください。すごくお高い……」

　茶碗ひとつで四千円近かったので驚いているようだ。

「職人の手作りだから、納得だよ。この茶碗には、それだけのお代を払う価値がある。梢の目を奪ったんだから」

「えっ、私？」

「そう。直感って結構大事だぞ。きっとこの茶碗も、梢に使われたがってるんだ。それに、値が張るもののほうが大切に使う。決して無駄な出費にはならない」

俺自身が、そういうライフスタイルなのだ。あまり流行は気にせず、気に入ったものであれば少しくらい高くても購入して長く使う。インテリアも洋服も時計もそうだ。そのうち愛着が湧いてきて、手放せなくなる。

「私に使われたがってるって……。健人さん、素敵なことをおっしゃるんですね」

「そう？　それで、これにしていい？」

「はい」

梢のこの笑顔が見られるなら、店ごと買い占めたい。そんな気持ちになるほど、尊い笑みを浮かべていた。

ランチを軽めに済ませて、梢の希望で書店に足を延ばす。なにが欲しいのかと見ていると、和食のレシピ本を何冊も手に取っていた。

「料理の本が欲しかったの？」

「はい。私、それなりにはできるんですけど、味付けも適当で。でも、健人さんにはちゃんとした料理を食べてもらいたくて」

俺に気を使っているとは。

「十分うまいよ」

「ありがとうございます。でも、自分で食べるものはいい加減でしたし……。せっかく日本に住んでいるのに、和食をきちんと作れないのはもったいないなあと思って」

やっぱり真面目だ。けれど、そういうストイックなところが彼女らしく、周囲の人たちから好かれている理由だと思う。

「カレー、辛かったもんな」

ふとモルディブで、大量の汗をかきながら辛いカレーと格闘していた姿を思い出して言った。

「あはっ。辛かったです。でも、現地の食に触れられて楽しかったんです。あのとき、自分の国の食事の素晴らしさをあまり知らないなと思って。健人さんも和食好きだとお聞きしたので、せっかくの機会だからと」

あのとき俺は、一生懸命口に運ぶ彼女がかわいらしいと思っていただけなのに、そこまで考えていたとは。

ちょっとしたきっかけで思考がどんどん広がる彼女の知恵をぜひとも借りて、ビジネスを成功させたい。

「そっか。向上心がすごいね」

「向上心？　そんなたいそうなものじゃなくて、食い意地が張ってるだけですって」

それなら、食い意地が張っている梢をもっと見てみたい。

これまで伯父に抑制された生活を強いられていたはずだ。思う存分好きなことをすればいい。

「それじゃあ、食い意地満たしに、付き合ってくれない？」

「ん？」

「おいしいものを食べに行こう」

俺が誘うと、梢はうれしそうにうなずいた。

書店の次に向かったのは、行列のできる洋菓子店のエール・ダンジュだ。ここのスイーツに花月茶園の抹茶が採用されていたが、最近切られてしまったと小耳に挟んでいる。それも、あの伯父のせいで品質が落ちたからだとか。

「エール・ダンジュは簡単には出店しない店として有名なんだけど、これから手掛けるうちのリゾートの目玉に、ずっと交渉してたんだ」

「そうだったんですね」

帰国するたびアポイントを取って足しげく通った。

「一応合意に至って、これから詳細を詰めることになっている」

「エール・ダンジュを動かすなんて、すごい」

「ありがと。俺が一番持っていきたいのが、抹茶系のケーキなんだけど」

そう伝えると、彼女は気まずそうにうつむいた。その抹茶を切られたからだ。

「花月茶園の抹茶でと交渉している」

「えっ？」

「あの味に惚れたから、出店の打診をしたんだ。それに、品質の保証をしてくれるんだろ？」

「もちろんです。今年は必ずいいものを作ります」

梢は興奮気味に答える。

彼女に愛されているお茶に嫉妬しそうなほど、仕事にかける熱量がすごい。

その熱量で俺のことも見てくれよ。

「ほかの店舗の取引がすぐに戻るかどうかは——」

「わかってます。信頼を壊したのはうちのほうですから、何度でも通ってお願いするつもりです」

「そうだな。それがいい」

こんな部下がいたら、仕事が楽しそうだ。

そう思ったけれど、やっぱり部下より妻がいい。

二十分ほど待って店内に案内され、窓際の丸テーブルにつくと、意外なことに梢は抹茶ケーキを注文した。

「抹茶でいいの？」

ライバル会社の抹茶が使われているのに、嫌ではないのだろうか。

「はい。ほかの会社のものも食べてみないと。改めてうちの商品のよさがわかることもありますし、反省材料が見つかることもありますから」

どこまでも前向きな彼女が、本来の姿なのだろう。それなのに、政略結婚を拒否できず苦しんでいたと思うと切ない。

俺が世界一幸せにする。

そんな気持ちを新たにした。

梢に出会う前の俺なら、ひとりの女を守ってやりたいなんて考えもしなかった。利用するか、されるか。そんな世界で生きてきたのだから、他人に心を許すなんて考えられなかった。

しかし、梢の紡ぐまっすぐな言葉にいちいち心が揺さぶられ、彼女から目が離せない。自分を犠牲にしてでも大切なものを守りたいという強い気持ちが、俺の心のなにかと反応するのだ。

……俺もそういう生活をしてきたからか。

この国内プロジェクトを成功させるために、がむしゃらにひた走ってきた。それこそ、私生活なんてどうでもよかった。

けれど、どこかで虚しさを抱えていたのかもしれない。だからこそ、梢を自由にしてやりたいと思うのだろう。きっと、俺自身がなんのしがらみもない世界にあこがれを抱いているから。

梢に出会わなければ、こんな自分の気持ちにも気づかず生きていくところだった。

しばらくすると、抹茶ケーキと俺が注文した季節限定の甘夏のタルトが運ばれてきた。

自社製品を締め出されて悔しいだろうに、梢は笑顔でケーキにフォークを入れる。

「おいしい。ここのケーキは最高ですね」

「そうだね」

俺もタルトを口に運んだ。甘すぎず、甘夏の風味をしっかりと感じるそれは、特に甘いものが好きなわけではない俺も、いくつでも食べられそうなおいしさだ。

ひと口目は大胆に口に入れた梢だったが、次は抹茶のムースの部分だけ食べている。

「渋みがいい感じ。強敵だな……。でも、負けられない」

ぶつくさ言いながらじっくり味わっている。

「花月茶園の抹茶とは違う？」

「そうですね。うちのはもう少し濃厚というか、重厚感があるというか……。ただ、渋みはなかなかいい感じです、これ」

ほんの少量食べただけなのに、しかも抹茶以外の材料も入っているのに、瞬時に答えられる彼女がすごい。それだけ真剣に商品に向き合っている証だ。

そういえば、お茶の味がわからなくなるから、普段はアルコールも口にしないと話していたっけ。

「俺も少しもらっていい？」

「はい、どうぞ」

彼女に皿ごとケーキを差し出されたので、フォークで切って口に入れた。

「どうですか？」

「食べ終わったあとの、口に残る抹茶の風味が違う。花月茶園のものは、いつまでも残っていて得した気分になるというか……」

それが濃厚ということなのかもしれない。

「健人さん、見分けられるなんてすごい」

「いや、違うと知っているからわかるだけさ」

事前に使用している抹茶が違うと聞かされていなければ、気づかないだろう。

ただ、ケーキは難しいが花月茶園の玉露はわかる。一度あの味に感動してから、あればかり飲んでいたからかもしれない。

「これもうまいぞ。食べる？」

「いいんですか？　いただきます」

彼女が満面の笑みを浮かべるので、フォークにケーキをのせて、口の前に差し出した。

「あの……」

「口開けて？」

「えっ？」

「落ちるから、早く」

頬を赤く染める梢をわざと急かすと、素直に開けるのがかわいい。

「おいしい？」

「はい。とっても」

目をキョロキョロ動かす彼女は、耳まで真っ赤に染まった。

あんな情熱的なセックスをしておいて、こんなことで照れるとは。

「ご来店ありがとうございます」

そこに、エール・ダンジュの社長、須藤さんが顔を出した。やり手の彼のことを梢も知っているようで、目を見開いている。

「偶然店に来ておりまして。神木さんが来店されていると聞きましたので……」

「そうでしたか。今日は妻と、おいしいケーキをいただいております」

俺が答えると、須藤さんは梢に視線を送った。すると梢はいきなり立ち上がり、直立不動になる。

「須藤社長には、大変失礼なことをいたしました」

いきなり謝罪して頭を下げる梢に、須藤さんは首を傾げた。

「あなたはたしか、花月茶園の……。ご結婚なさったんですか？」

「はい、昨日挙式を」

「昨日？」

須藤さんは目を丸くしたものの、すぐに頬を緩める。

「それで花月茶園推しだったんですね」

「それとこれとは別です。私は花月茶園のお茶に惚れ込んでいるんです。まあ、妻への気持ちはそれ以上ですが」

須藤さんから奥さまやお子さんへの愛を散々聞かされているので、正直に答えた。

すると、たちまち梢の落ち着きがなくなり、頬を赤らめてうつむいてしまう。

「言いますね。お幸せそうで。ご結婚おめでとうございます。奥さま、抹茶が変わった事情は神木さんから聞きましたので、ご心配なく」

「いえ。お叱りを受けるのは当然です」

そういえば、抹茶を切ってから忙しくて梢の面会を断っていると話していたような。

それで梢はこれほど顔を青くしているのだろう。

「奥さま、どうぞ座ってください」

「須藤社長こそ、お座りください」

「私が立ったほうがよろしいですか？」

ふたりが押し問答しているので口を挟むと、須藤さんはくすくす笑い、空いていたイスに腰かけた。梢もようやく落ち着いてきたようで、座り直している。

「事情はお聞きしましたが、すぐの取引再開は難しいと思ってください。今年度は、他社の抹茶を使う予定です」

「はい」

梢は真剣に耳をそばだてている。

須藤さんはビジネス面ではとても厳しい人だ。よい関係を築いている俺の妻だからといって、忖度(そんたく)などしないだろう。

「ただ、来年はどうなるかわかりませんけどね。花月茶園さんの抹茶をパティシエが気に入れば、採用となるでしょう」

「本当ですか？」

梢の問いかけに、須藤さんはうなずいている。

梢が、泣きそうな、それでいて喜びがあふれるような複雑な顔で、「ありがとうございます」とお礼を口にする。

「新婚さんの邪魔をしてしまいましたね。仕事の件はまた。それでは、ごゆっくりおくつろぎください」

須藤さんは立ち上がると、丁寧に腰を折って去っていった。

「梢？」

うつむいてしまった梢が心配で、隣の席に移って顔を覗き込む。

「すみません。何度面会のお願いをしても断られてしまって。謝罪の機会すらいただけないくらい怒っていらっしゃると思っていたので……」

「そうだったのか。須藤さん、忙しいからな。正直、謝罪を聞くだけのために時間を取れなかったんだと思う。厳しい人だけど、よいものはよいと評価してくださる方だ。俺もできることはするから、また頑張ろうな」

「はい」

膝の上の梢の手を握って言うと、彼女にようやく笑顔が戻った。

近くて遠い彼

まさか、須藤社長に会えるとは思ってもいなかった。

エール・ダンジュの本社に電話をしてもアポイントが取れず、それならと何度も直接足を運んだが、門前払い。信頼を裏切るという最低のことをしたのだから仕方がないと思いつつも、せめて謝罪だけはしたいと思っていた。

偶然ではあったけれど、健人さんのおかげであっさり面会が叶い、謝罪できたどころか、来年はまた検討してもらえると聞き、安堵のあまり目の奥が熱くなった。

エール・ダンジュと組んでリゾート開発をすると聞いてはいたけれど、まさか健人さんが須藤社長とあそこまで懇意にしているとは。

冗談まで言い合える仲のようで、私への気持ちが花月茶園のお茶以上だなんて言われて、かなり驚いた。それと同時に、本当にそうであればいいのにと思ってしまった。

再会してから、健人さんはどことなく冷たく感じていたけど、挙式の翌日はモルディブで一緒に過ごしたときと同じように、心弾む時間が続いた。

彼は、そもそもこういう人に違いない。常に周囲を気遣える優しい人。

たとえ政略結婚でも、妻として大切にしてもらえる。ただ、そこに気遣いはあっても愛はないのだ、きっと。彼の人生には、仕事以外のものは必要ないのだろう。モルディブの夜、完全に恋に落ちてしまった私にとってはつらい現実だったが、伯父から店を守ってくれたのだから、これ以上望むべきではない。

翌日は、特に出かけることなく家で過ごした。

同じベッドで眠ることに緊張していたものの、彼は私に触れようとしない。ベッドでひと言ふた言、言葉を交わすが、おやすみの挨拶をしておしまいだ。

あの晩はただの火遊びだったと突きつけられているようで胸が痛いけれど、なんとなくホッともしていた。やはり、子をもうけるだけのために体を重ねるのは悲しいからだ。

健人さんは、休暇といっても仕事の電話を取っているようで、書斎から声が漏れてくる。ときには英語のこともあり、彼の能力の高さを思い知らされた。

私は書店で購入してきたレシピ本を見ては、たくさんの料理をこしらえた。働きだすと帰りが遅くなることもあるので、大量に作って冷凍しておくのだ。

和食好きと聞いてから、出汁の取り方を学び直した。

大変ではあるけれど、忙しい健人さんの役に立てると思うと心が弾む。

筑前煮を作っていると、健人さんがリビングに顔を出した。

「しょうゆのいい匂いだ」

「筑前煮、お好きですか？」

「もちろん、好き」

彼の口から〝好き〟という言葉が出ると、ドキッとする。

「休憩されますか？　お茶淹れますね。なににしましょう」

コンロを弱火にしてから茶葉を収納してあるパントリーを開くと、健人さんが隣にやってきた。

「俺がやるよ。料理も無理しなくていいぞ。大変なときは外食でいいんだし」

彼はそう言いながら、花月茶園のフレーバーティに手を伸ばした。

「健人さんに食べてもらえると思うとうれしいから平気です」

思わず本音をこぼしてから、ハッとした。こんなことを言ったら重荷になってしまう。

「あっ、いえ、なんでもありま――」

取り繕おうとすると、彼がいきなり私の腰を抱いたので心臓が跳ねる。

「ほんとに？」

耳元で優しくささやかれると、あの晩のことを思い出してしまい落ち着かなくなる。

「……は、はい」

「うれしいな。でも、梢には無理してほしくないんだ。こんな華奢な体で走り回って。会社を背負ってストレスだってすごいだろうに。せめて、家にいるときくらい心も体も休めてほしい」

そう言った健人さんは、私の腰に回した手に一瞬力を込めて自分のほうに引き寄せる。

否応なしに彼を意識してしまい、鼓動がいっそう速まりだした。

「だから、筑前煮を作ったら休憩。俺のお茶に付き合って」

「は、はい。そうします」

まだ何品か作るつもりだったけれど、健人さんのお言葉に甘えることにした。

コンロを止めたあと、この時季にぴったりな乾燥いちごをブレンドしたお茶を淹れる。女性に人気のあるフレーバーだ。

「いい香りだ」

ソファに並んで座りお茶の香りを楽しむ健人さんは、ほがらかな表情をしている。

彼は私に『会社を背負ってストレスだってすごいだろうに』と言ってくれたが、将来大きな会社を背負う立場で、期待を一身に受けている彼のほうが、ストレスが大きいに違いない。

涼しい顔をしてそれをやってのけてしまう彼の力量に驚くとともに、私はまだまだだと感じずにはいられない。

伯父の横やりを阻止できず、花月茶園の茶葉を守れなかった私の責任は大きい。

「どうした？」

放心してお茶を口に運んでいたからか、健人さんに指摘されてしまった。

「……私は未熟だなと思って」

「梢の真面目なところは感心するけど、皆最初は未熟なんだ。俺も散々失敗してきた」

「健人さんが失敗？」

完璧そうに見える彼が、なにを失敗したというのだろう。

「そう。小さなことから大きなことまで。たとえば、海外のリゾートで現地の人を雇うだろ？　日本の感覚だと当然、始業前に出勤してくると思う。でも、国によっては遅刻があたり前で、ホテルのフロント担当がひとりもいなくて、お客さまに激怒されたこともあった」

「え……」

想像できない光景に、驚愕してしまう。

「文化も宗教も習慣も違うから、それに適応しないといけない。最初はそれが難しくて、ずっと頭を下げっぱなしだった」

「どう改善したんですか?」

長年にわたり染みついた意識の改革なんて、簡単にできそうにない。

「最初は、遅刻や無断欠勤に罰則を与えてたんだけど、全然効かなくて。それで、報酬に切り替えたんだ。一カ月無遅刻無欠勤を達成したら金一封。そうしたら、うまく回りだした」

「なるほど」

発想の転換がすごい。

「失敗するとどうしたってへこむけど、それを糧に成長すればいいんだよ。最近だと、モルディブのレストランのメニューに、カレーの辛さ表示を追加した」

「あ……」

私が辛すぎてギブアップしそうだったから?

「なんか、すみません」

「どうして謝る。たしかにあれは日本人には辛すぎる。でもチャレンジしたい人もいるだろうから可視化した。梢は優しいから全部食べようとしてたけど、『こんなもの食べられるか！』と怒る人もいる。それを回避するには有効な手段だ。梢がヒントをくれたんだよ」

私は汗をかきながら食べていただけ。それを改善につなげてしまう彼の機転が素晴らしい。

「そっか……」

「そういう、ちょっとしたことから上っていけばいいと思うな。下ばかり見てると、引きずられる。反省は大事だけど、切り替えて未来を見たほうがいい」

未来か……。

エール・ダンジュで失った信頼は、これから取り戻していこう。ほかの得意先もそうだ。伯父に反論できなかった過去はもう消せないのだから。

「ありがとうございます。このへんが楽になりました」

私が胸に手を当てて言うと、健人さんは満足そうに微笑んだ。

「あっ、そうだ」

彼は突然立ち上がり部屋を出ていくと、タブレットを持って戻ってきた。

「これ見た？」

タブレットに表示されたのは、コンフォートリゾートのホームページだ。彼は慣れた手つきで操作して、モルディブのヴィラ、グランディスの案内を表示した。ウエディングというボタンを押すと……。

「これ……」

そのページのトップに表示されたのは、健人さんの肩に頭をのせて夕日を見ている写真。写っているのは背中だけで顔は見えないけれど、幸福感が漂う一枚だった。

これは……政略結婚を告白したときのものだ。

「この写真、社内でもすごく好評で。ここに載せたら、サンセットウエディングの問い合わせが殺到した。あっという間に一年半先までの予約が埋まったよ」

「そんなに？」

目を丸くすると、彼はうなずいている。

「ほかにも、これとかこれとか……」

スクロールしていくと、ほかにも私たちの写真が何枚か採用されている。健人さんと海をバックに額を合わせた写真もあり、気恥ずかしい。

「父の秘書の尾形さんだけはこの結婚の事情を知ってるけど……ほかの社員たちは、

この撮影が縁で梢と結婚したと思ってる」

「えっ……？」

「まあ、実際そうだし」

彼がぼそりとつぶやいた言葉に目を瞠る。

それはどういう意味？

「売り上げ大幅アップに貢献した梢の写真に、皆で拝んでるよ」

「拝む？　やめてください」

私は健人さんの誘導通り動いただけだ。

「チャレンジには失敗はつきものだけど、成功も招く。でもチャレンジしないと、成功の確率はゼロパーセントだ。だから怖がらずに前に進もう」

健人さんは、たった数分で私の気持ちを前向きにしてくれた。こんな人が上司だったら、毎日頑張れそうだ。

ううん。心が通い合った夫だったら……最高に幸せだろう。

どうしても、彼との幸福な未来を考えてしまう。

「俺も、ずっと温めてきた大きなチャレンジに取りかかる」

彼の表情が引き締まり、次のプロジェクトへの意気込みの強さを感じる。

「長野のとある村を丸ごと開発するんだけど……」

「はい」

「丸ごと？」

想像以上に規模が大きくて、目が飛び出そうだ。

「そう。その村には小さなスキー場があって、観光で生計を立ててきたんだけど、標高が低いのもあってスキーを楽しめる期間が短い。おまけに、旅館がどこも老朽化して集客力がないに等しい状態だ。それで、冬以外も楽しめるリゾート地にする予定だ」

スキー場を年中楽しめるようにするなんて。やはり発想力が私とは違う。

「とにかく、ホッとひと息できる空間が作りたい」

彼は視線を窓の外に送って、力強く語る。一方でなぜか憂いを感じるような表情に、胸が締めつけられた。

あなたの目は、なにを見ているの？

「花月茶園のお茶も、お手伝いできるでしょうか」

「もちろん。エール・ダンジュと手を組んで、限定のデザートを作ってもらうつもりだ。実は、須藤さんの奥さんの実家が和菓子屋で」

「そうなんですか？」

それは初耳だ。

「うん。その和菓子屋の商品も置いてもらって、和洋折衷のカフェを造る。そこで花月茶園のお茶も出したい」

健人さんの話を聞いているだけで、わくわくする。けれど、頼ってばかりで申し訳ない。私ももっと頑張りたい。

「すでに今年の新茶の仕入れに走ってもらっています。必ず、よいお茶をお届けします」

「頼んだよ」

彼と話していると、心が弾む。仕事への熱意が気持ちよく、努力を惜しまない誠実な姿に心奪われる。

違う出会い方をしたかった。

いや、愛のない結婚を選ぼうとしている者同士、心の奥で疼く痛みに共感したから、あの熱い夜があっただけ。もう、期待してはいけない。

どれだけそう思おうとしても、心が彼に吸い寄せられてしまう。

テーブルの上に置いてあった健人さんのスマホが鳴り始め、彼はそれを持って廊下へと出ていった。

しばらくして戻ってきた健人さんは、眉をひそめている。

「梢、ごめん」

「どうかされましたか？」

「明日、急遽長野に行かないといけなくなった。朝一番で出かけて、しばらく戻れないかもしれない」

「わかりました」

なにかトラブルが発生したのかもしれない。うなずくと、再び隣に腰を下ろした彼は、難しい顔をして私を見つめる。

まだなにかあるのだろうか。

「わがまま」

「えっ？」

「もっとわがままを言ったっていいんだよ。新婚早々、休日を返上して長期出張に行く夫に怒ったって」

意外なことを言われて、首を横に振る。

「そんな。健人さんが仕事にかける情熱は、理解しているつもりですから」

それに、これは政略結婚だ。妻だからといって、仕事の足を引っ張る権利はない。

素直な気持ちを伝えると、いきなり抱きしめられたので息をするのも忘れる。

「ありがとう。ちょっと充電させて」

充電？

彼の力になれるならなんだってする。

けれどこれでは……私のほうが力を分けてもらっているようだ。あの夜と同じように温かい彼の腕の中が幸せすぎた。

背中に回った手に力がこもり、いっそう体が密着する。求められていると勘違いしそうな気持ちにブレーキをかけようとしたけれど、健人さんへの想いが加速するばかりで苦しい。

サンセットウエディングの写真撮影のときのように、彼の肩に頭を預けて力を抜くと、優しく髪を撫でられて鼓動が速まっていく。

まるで、愛されているみたいだ。

でも、魔法はすぐに解けてしまった。

しばらくすると彼は離れていく。

「これで頑張れそうだ」

「は、はい」

恥ずかしすぎてうつむいて言うと、彼はくすっと笑った。

その晩。健人さんに続いてお風呂に入ったあと、寝室に向かった。

パジャマ姿の彼はすでにベッドに入っており、タブレットを手にしている。やはり仕事が忙しいようだ。

真剣な顔の彼を見て邪魔をしてしまったと思い、部屋を出ていこうとすると、「梢」と呼ばれて振り返る。

「どこ行くの？」

「お仕事の邪魔だと思って」

私がそう言うと、彼はタブレットを持ったまま私のところまでやってきた。

「仕事じゃない。これを見てただけ」

「あっ……」

そこに表示されていたのは、モルディブで撮ったサンセットウエディングの写真の数々だった。ホームページに採用にならなかったものまである。

「おすそ分けしようと思ってたのに、黙って消えるから」

「ごめんなさい」

連絡先を聞くつもりだったのだろうか。

健人さんにとってはひと晩だけの割り切った関係だったかもしれないけれど、完全に心を奪われた私は、あのあと連絡をするなんて考えられなかった。未練でいっぱいになってしまうからだ。

彼はタブレットをベッドサイドテーブルに置いたあと、向き合って私の腰を抱いた。息遣いを感じられる距離に、息がうまく吸えなくなる。

「もう、会いたくなかった？」

切り込んだ質問に、返答を迷う。

会いたかった。政略結婚なんて放り出して、ずっとあなたの腕の中にいたかった。

そう叫びたいけれど、口には出せない。

「俺が婚約者で、がっかりした？」

その質問には、反射的に首を横に振ってしまった。

結婚相手が、仕事にしか興味がなく、妻に愛を注ぐつもりなどないと語った彼だったことには衝撃を受けたし、これは残酷な再会だとも思った。けれどその一方で、再びつながれたことがうれしくてたまらなかった。いや、再会の瞬間は後者の気持ちのほうが強かった。

「そう。それじゃあ、うれしかった？」

色情を纏う彼は、私の唇を指で撫でながら心の中を暴こうとする。

今すぐ腕の中に飛び込んで、あなたが好きだと明かしてしまいたい。けれど、どうしても行動に移せない。

だって……うれしかったと言ったら、あなたは困るでしょう？　あの夜はただの火遊びで、愛を求める妻なんて邪魔なだけでしょう？

答えられずにうつむくと、顎に手を添えた彼に顔を上げさせられ、視線が絡まる。

「……それが梢の答えか」

健人さんは小さなため息をつき、落胆したような声を出した。

どういう意味なの？

「梢」

優しい声で名を呼んだ彼は、私の頬を両手で包み込み、顔を近づけてくる。

熱い吐息を感じた直後、唇が重なった。

離れてはまたつながり……何度も角度を変えて私の唇を貪る彼は、後頭部に添えた手に力を込め決して離そうとしない。

あの夜のように激しく求められているような情熱的なキスに、どんどん感情が高ぶっていく。

「はっ」

ようやく唇が離れ、大きく息を吸い込むと、焦ったような彼に少し乱暴にベッドに押し倒された。

「梢」

指を絡めて私の手を握る健人さんは、切なげな視線を向けてくる。彼の瞳が揺れているように感じるのは、気のせいだろうか。

「梢、俺……」

私をじっと見つめる彼は、なにか言いかけたものの口を閉ざしてしまった。

その先は、なに？　なんと言いたかったの？

「あっ……」

彼は私の首筋に唇を押しつけたあと、尖らせた舌をツーッと這わせる。私のパジャマのボタンをふたつ外し、あらわになった鎖骨のあたりを軽く吸い上げた。

「んっ……」

かすかな痛みを感じて声が漏れると、彼は唇をふさぐ。むき出しになった肩に触れる武骨な手はそのまま胸へと滑り、膨らみを優しく包み込んだ。

初めてのときと同じように、彼はゆっくり進んでくれる。こわばる私の体を過剰なほどの愛撫で溶かしながら開くので、全身に力が入らなくなる。

いつの間にかパジャマを脱ぎ捨てていた彼は、私を強く抱きしめた。肌と肌が密着し彼の体温を感じると、胸がいっぱいになる。

これが跡取りをつくるためだけの行為だと理解しているのに、彼の触れ方が優しくて愛されていると勘違いしそうになるのだ。

彼の顔が近づいてきたので、目を閉じてキスに応えようとした。

「梢。目を開けて」

健人さんはそう言いながら私の頬に触れる。

ゆっくりまぶたを持ち上げると真剣なまなざしに捕まり、胸の高鳴りを制御できなくなる。

「そのまま、誰とキスしてるのかしっかり見てろ」

思いがけない要求に驚いていているうちに、彼は私の下唇を食み、舌を口内にこじ入れてきた。

舌と舌が絡まって立てる淫猥な音が恥ずかしくて目を閉じると、一旦離れた彼は再び口を開く。

「だめだ。ちゃんと見てろ」

この行為になんの意味があるのかわからない。けれど、切羽詰まったような切なげな表情で命じられて、視線を絡ませた。

だめだ。熱いまなざしに貫かれると、初めて重なったあのときの感覚がよみがえり、体が疼いてきてしまう。

少しも私から目をそらさず濃厚な口づけをやめない彼は、ある意味執拗な愛撫のせいでもうすっかり潤った下腹部の敏感な部分にそっと触れた。

「んあっ……」

「入れるよ」

「あぁ……っ」

ゆっくり私の中に進む彼は、悩ましげな表情で、はーっと息を吐き出す。その姿がとんでもなく艶めかしくて、感情が高ぶっていく。しかし二度目だからかまだ苦しくて、思わずシーツを強く握りしめた。

「痛い？」

「ううん」

痛いというより、体に楔がのめり込んできたような違和感がある。

「爪を立ててもいいから、梢の全部で俺を感じろ。少しも離れるな」

彼はシーツをつかむ私の手を自分の背中に誘導する。

命令口調なのにどこか優しく感じるのは、彼の視線が温かいからだ。

ゆっくり動き始めた彼は、短く息を吐きながら恍惚の表情を浮かべる。私は必死にしがみつき、まさに全身で彼を感じた。

目の奥が熱くなり、視界がにじむ。こらえていたのに目尻から涙がこぼれ、健人さんに見つかってしまった。

モルディブでの熱い夜もそうだった。彼に抱かれると胸に熱いものが込み上げてきて、感情がうまく制御できなくなる。

「つらい？」

動きを止めた彼は、心配そうに私の顔を覗き込み、流れた涙にそっと口づけを落とす。

「平気です。続けてください……」

彼との子をつくらなければ。これは愛を確認するための行為ではないのだ。

健人さんへの想いがあふれてきそうな私は、自分を必死に戒める。

愛されたかった。けれど、愛のない結婚を受け入れたのは私自身。もう後戻りはできない。

もう一度唇を重ねた彼は、つながったまま優しい愛撫を繰り返す。そして再び腰を打ちつけ始め、やがて最奥で欲を放った。

その晩。健人さんは私を抱きしめたまま眠った。私はなかなか寝つけず、彼の胸にこっそり頬をくっつけて鼓動を聞いていた。

規則正しいその鼓動は、モルディブで聞いた心地よい波音のように、私を穏やかな気持ちに誘う。

互いのことを深く知ったわけではないのに、たった二度抱かれただけなのに……こんなに安心するのはなぜだろう。

これが人を好きになるということだろうか。

もしかしたら、初めてをささげた相手だったから、これほど心奪われたのかもしれない。

いや、違う。健人さんは、私に安らぎをくれるのだ。

父や母を亡くし、大好きだった祖父も旅立ち、それからは伯父におびえながら生きてきた。愛情など微塵も感じられず、ひたすら息を殺して生活する毎日。忠男さんたちがいてくれたけれど、私の心は死んでいた。そうやって心を凍らせなければ、うまく生きてこられなかったのだ。

けれどモルディブで健人さんに出会い、自分の気持ちのまま動く楽しさを知った。伯父が私を縛りつけていた太くて丈夫な鎖を、ようやく断ち切ることができた気がした。そして、自分の意思で愛を求められた。

その相手が、伯父が決めた婚約者だったとは思いもよらなかったけれど、あの日健人さんに抱かれたことは後悔していない。

そして今日、『もっとわがままを言ったっていい』と言われ、私は自分の気持ちを必死に隠そうとしているのだと、ようやく自覚した。たしかに、健人さんが家を空けるのが寂しかったのだ。

「早く帰ってきて」

こっそりささやくと、彼が私を抱きしめたのでひどく焦る。けれど、どうやら起きたわけではなさそうで安心した。

健人さんが長野に旅立った翌日、私はいつも通り花月茶園に出勤した。健人さんが働くことを許してくれたので、これからも頑張るつもりだ。

「忠男さんたちは、仕入れ？」

「そう。今日は三重（みえ）」

店番をしているベテランの女性が教えてくれる。

もう六十歳を過ぎている忠男さんばかりに負担をかけるのは申し訳ないけれど、頼るしかない。

ただ、最近は彼を慕って茶師を目指す若い従業員も一緒なので、少し安心している。

「茶葉が少ないような。売れたんですか？」

店頭の茶葉がいつもより少なくて何気なく尋ねると、彼女は眉をひそめて首を横に振った。

「昨日遅くに、社長……じゃなかった、元社長が来て暴れたの。なにかあったみたい」

「暴れた？」

「俺のおかげで給料もらってきたくせしてって、棚をひっくり返して」

健人さんに社長退任を言い渡された伯父が、素直に引き下がるとは思っていなかったけれど、まさかそんな事態になっているとは。

「そんな……。ごめんなさい。私のせいだわ」

「梢ちゃんのせいじゃないわよ。ほんと、どうしようもないわね、あの人。先代の息子だとは思えない」

たしかに、優しかった母の兄だとは思えない。

「困ったな……」

「旦那さんに守ってもらえばいいじゃない」

「えっ？」

「結婚式の旦那さん、しびれたわ。私もあんな旦那が欲しかった」

彼女は目をキラキラさせて言う。

たしかに、伯父に一矢報いてくれた健人さんには感謝している。あのときの彼は、とにかく頼もしかった。

ただ、伯父のことで、忙しい健人さんの手をこれ以上煩わせるわけにはいかない。

一度きちんと伯父と話をしなければと思いながら、仕事を始めた。


その日、マンションに帰宅すると、エントランスに小柄な女性がいた。私より少し年下に見える彼女はスタイル抜群で、ショートボブの髪が似合っている。

私は軽く会釈をして、オートロックを解除するために部屋番号を入力した。

「ちょっと！」

「えっ？」

いきなり大きな声を出されて、ドキッとする。

「今、何番押しました？」

「何番って……」

なんだかあやしい人だ。部屋番号を知られないほうがよさそうだと口を閉ざすと、興奮気味の彼女が口を開く。

「５２１０って、あなたの家じゃないわよ」

どうやらばっちり見ていたようだ。でも、私の家じゃないとは？

「私の家ですが」

「はっ？　健人くんの家なんだから、嘘つかないで。ストーカー？」

健人さんの知り合いなの？

「いえ。妻……ですが」

正直に答えると、彼女は目を真ん丸に見開いて固まってしまった。

「結婚したなんて聞いてないわ」

「失礼ですが、どちらさまですか？」

会社の人なら結婚を知っているはずだし、一体誰なのだろう。

「私は村越あかね。健人くんとお付き合いしてるの。結婚って……。ああ、仕事絡み？　どこかの会社の重役のご令嬢でしょ、あなた」

　恋人がいたの？

　腰を抜かしそうなほど驚いたけれど、私たちの結婚が政略結婚だと言い当てられたことにも、また驚愕した。

　健人さんが、仕事のためなら愛のない結婚でも受け入れる人だと知っているということだからだ。

「別にいいわよ。仕事に目処が立ったらどうせ離婚するんだから。でも、妻面をするのはやめてくれない？」

　腕を組む彼女は、イライラした様子だ。

　けれどこの話が本当ならば、私が正妻で彼女は愛人だ。そんなふうに言われる筋合いはない。

「愛人のあなたに、指図される覚えはありません。お引き取りください」

「愛人？　私と健人くんの付き合いはかなり長いの。本命と言ってくださらない？　話にならないわ」

　彼女は眉をつり上げて私をにらんでから去っていった。

部屋に駆け込み、リビングの床に座り込む。
「恋人がいたなんて……」
だから、愛のない結婚だったのか。
健人さんは仕事に利益があるのであれば結婚相手はいとわないという姿勢だった。
それには、〝愛する女性がほかにいるから〟という大前提があるなんて。
でもそれならどうしてあかねさんと結婚しないの？　仕事にメリットがないから？
いろんな考えが頭をよぎり、冷静ではいられない。
私、こんなに健人さんのことが好きなんだ。
床にぽたりと落ちた涙を見つめ、唇を噛みしめた。

抑えられない独占欲　Ｓｉｄｅ健人

俺と再会してどう感じたか梢の正直な気持ちが知りたくて、切り込んだ。すると彼女は、『うれしかった？』という質問に困惑の表情を浮かべた。

もしかしたら彼女も再会を喜んでいるのではないかという甘い考えを打ち砕かれて、心臓に鋭いガラス片でも突き立てられたかのように、痛くて苦しくてたまらなかった。

しかし、仕事の成功のためなら愛などいらないと思っていたのは事実だし、彼女にもはっきりそう伝えてしまった。今さら愛を語ったところで、安易には信じてもらえないだろう。

夫婦となったものの、気持ちを通わせる前に梢に触れるべきではないかもしれないと考えて、二日は隣でおとなしく眠った。

けれど出張が決まり、しばらく触れるどころか笑顔すら見られないのだと思ったら、梢を求める気持ちが高ぶり、改めてサンセットウエディングのときの写真を見直していた。

画面に表示された彼女の自然な笑顔を見ているうちに、絶対に誰にも渡したくないという強い独占欲が湧いてきて、わずかな間でも離れるのが嫌になる。

真面目な彼女に限ってありえないけれど、俺がいない間に別の男と接触するようなことがあれば……と考えてしまい気が狂いそうになった。

それはおそらく、梢が俺との再会に戸惑っていると知ってしまったからだ。

愛しい彼女をベッドに押し倒したとき、俺は心を決めた。

必ず振り向かせてみせる。俺が結婚相手でよかったと言わせてみせる。もう梢を手放すなんて考えられないのだから。

それから俺は、夢中で梢を抱いた。

キスをしている最中も、貫く瞬間も、彼女と視線を絡ませたままにしたかったのは、ほかの誰でもない、俺が抱いているのだと梢の胸に刻みつけたかったからだ。

子供じみた行為だったかもしれない。でも、口には出せない強い想いを必死に伝えようとした。

梢を抱いた翌朝。ふと目覚めると隣に彼女の姿がなくて飛び起きた。

もう二度と置いていかれるのはごめんだ。

脱ぎ散らかしてあったはずのパジャマが丁寧に畳まれており、それを着てすぐに廊下に出ると味噌汁の香りが漂ってきたので、ホッとした。

「おはよ」

リビングに足を踏み入れて声をかけると、彼女は目を合わせたもののすぐにうつむいてしまう。

「おはようございます」

つぶやくように挨拶を返す梢の隣に歩み寄り、腰を抱いた。すると彼女は無意識なのか体を硬くする。

「体は平気？」

「……は、はい」

うなずく彼女の耳が赤いのは、昨晩のセックスを恥ずかしがっているのだろうか。

「何時に出かけますか？」

「あっ、まずい。あと一時間しかない」

マンションには尾形さんが迎えに来てくれる手はずになっている。もっと梢のそばにいたかったが、あまりのんびりもしていられない。

「もうできますから、準備をしてください」

「頼んだ」

俺は慌てて身支度を整えに向かった。

梢の作ってくれた和食を楽しみ煎茶を飲んだあと、玄関で靴を履く。

「多分、四日はかかる。それ以上長くなるときは連絡する」

「わかりました」

「梢」

ああ、だめだ。モルディブでの別れを思い出し、出張から戻ってきたら彼女が忽然と消えている気がして離れがたい。

俺は荷物を置いて、梢を抱きしめた。

彼女が警戒するように体に力を入れるのが残念ではあるけれど、妻を愛するつもりはないと宣言したも同然なのだから致し方ないだろう。少しずつ時間をかけて気持ちをわかってもらいたいが、プロジェクトが本格的に動き始めたばかりで、なかなかふたりでいられない。

「行ってくる」

「お気をつけて」

体を離し挨拶をすると、梢は俺の目をまっすぐに見てそう言ってくれた。

触れたあとはいつも視線を泳がせるのに、珍しい。

彼女も別れを寂しいと思ってくれているのではないかと期待して、すぐに打ち消す。ポジティブなのは悪いことではないけれど、梢の気持ちが優先だ。

マンションの下で待っていた尾形さんの車に乗り込み、口を開く。

「この出張、必ず四日で終わらせます」

「珍しいですね、健人さんが焦るなんて」

彼がそう言うのも無理はない。妥協するくらいなら、オープンの時期をずらしてでもとことん話し合い、何度でもやり直すのが俺のやり方だからだ。

「早く妻に会いたいので」

正直に伝えると、ハンドルを握る彼は目を見開いた。

「尾形さん。俺……この結婚に感謝してます」

政略結婚に反対し続けていた尾形さんは、とにかく驚いた様子で言葉を発しない。

「そういうことです」

「あの男の印象が悪かっただけ、ということですか。でもまさか、健人さんがそんなことをおっしゃるとは。社長も健人さんの結婚はあきらめ半分だったので、お喜びになられていましたよね」

父や母は、どれだけ縁談を持ちかけられても興味を示さない俺の結婚は、あきらめていたようだ。だから梢を連れていったとき、終始笑顔だった。

「そうですね。あの伯父にはいろいろ問題があって、昨日電話で改めて解雇を言い渡しました。でも、簡単に引き下がるとも思えなくて……」

　花月茶園の社長の座から引きずり下ろしたが、うちの会社とタイアップすれば売り上げが急激に伸びるだろう。それを指をくわえて見ているとは思えない。

「そうでしたか。長野にいらっしゃる間は、私が目を光らせておきます。健人さんの大切な奥さまにかかわることですから」

　業務外の面倒な仕事のはずなのに、尾形さんは頬を緩める。俺を幼い頃から知っている彼は、息子のように心配してくれているのだ。

「尾形さんには心配をかけっぱなしで」

「本当ですよ。でも、健人さんが幸せそうな顔をされているので、全部吹き飛びました」

　両親はもちろんだが、尾形さんの期待も裏切らないようにしなくては。

　俺は気持ちを新たにした。

　東京駅で尾形さんと別れて新幹線に乗り、電車を乗り継いで約三時間。コンフォートリゾートが開発する予定の地域は閑散としていて、リゾート地として生き返らせるにはかなりの努力が必要だ。

近年は、外国の投資ファンドが土地を買いあさっている場所もあるが、ここは見向きもされていない。それゆえ土地は安く買えたし、住民からも歓迎されていて、ここからが腕の見せどころとなる。

開発が進めば、近年過疎化が進んでいた村に雇用が生まれ、確実に経済が活性化するだろう。

大手スーパーに出店交渉をしており、観光客だけでなく、村に住む人たちの利便性も図るつもりだ。住みやすい場所になれば、若い世代の人たちの移住も期待できる。確実に村そのものを再生できると踏んでいる。

開発の要となるスキー場一帯には、リゾート地初出店となる、エール・ダンジュプロデュースによる和洋折衷カフェを造る予定だ。カフェは確実に人を呼べるし、海外で積み上げてきたノウハウを詰め込んだホテル、グランディスにも自信がある。それとは別に、モルディブの水上ヴィラをヒントに、広大な敷地の中に古民家風コテージも展開する。

そして俺の一番の目的は、見晴らしのいい丘の上にホスピスを造ること。今日はその話し合いに急遽呼ばれたのだ。

村役場の会議室は、東京のそうした場所と比べるとでもなく狭く、しかも老朽化している。収入の頼みの綱だったスキー場も今や振るわず、財源がないので仕方がないだろう。

「お呼びだてしてすみません」

村では若いほうにあたる四十代前半の担当者、山口さんが、俺の九十度の位置に座り難しい顔をして話し始めた。

「急にどうされましたか？」

「実は、ホスピスの規模が大きすぎるのではないかという意見が出まして。たしかに、こんな過疎の村ですから、二十五床もいらないかと」

山口さんは申し訳なさそうに言う。

ここには、独立型という緩和ケアだけの病院を造る予定だ。緩和ケアは大きな総合病院のワンフロアというような形が多いため、珍しい形態ではある。

「この付近の患者さんのためだけに造るわけではないんです。緩和ケアを持つ東京の病院からもすでに問い合わせが来ておりますし、この病院の経営に力を貸してくれる会社も確保しました」

決して見切り発車ではないとわかってもらいたい。

「患者さんの多くは、自宅に近い場所での入院を希望されます。ただ、いろんなしがらみから逃れて心穏やかに最期のときを迎えたいという方もいらっしゃるんです。そういう方の希望を叶える場所にしたいと考えています」

俺の親友がそうだった。彼はそれが叶わないまま、逝ってしまった。

「頑張れと励まされることが苦しくなることもあります。ですが、自分を大切に思ってくれる人たちに、つらいとは言えない。だから、物理的に距離を置いて安らかに旅立ちたいと思う方もいるんです」

ホスピスを造るにあたってドクターやナースに意見を求めたが、患者本人の前で親戚の人が『かわいそうに』と泣きだして、ひどく困惑するというケースもあったようだ。患者はそれに傷つき、それからずっと沈んだ顔をしていたらしい。

俺が訴えると、山口さんは真剣に耳を傾けてくれる。

「もちろん、常に満床にするのは難しいと考えていますし、赤字になることは覚悟の上。その分、別の施設で収益を上げられるようにします。心配はごもっともですが、必ず成功させるとお約束します」

「神木さんがそうおっしゃるのでしたら……。なにせ我が村にはノウハウがありません。営利目的の大企業にうまく乗せられているだけだと主張する村民もいまして……」

山口さんは難しい顔をする。

彼は当初からこの計画に携わり俺を信頼してくれているが、そう思う人がいても仕方がないだろう。

なにせ、外資が行き当たりばったりの開発を手掛けたせいでめちゃくちゃにされた村も実在するのだから。

「今回は住民の方への細かなご説明を改めてするつもりで参りました。質問が出尽くすまで対応しますから、機会をいただけませんか？」

「もちろんです。すぐに人を集めます」

山口さんは快く引き受けてくれた。

梢にも尾形さんにも四日で帰ると話したが、交渉が難航する恐れもある。とにかく今は全力を尽くすのみだ。

急遽呼ばれたので今日は俺ひとりだが、明日になれば本社から応援が来る。

俺は説明会の準備のために、本社に電話を入れた。相手は、このプロジェクトを二人三脚で進めている、親友の利彦だ。

——俺と利彦と、病で亡くなった勇太の三人は小中学生の頃、野球チームの仲間だった。

断とつにうまかったのが勇太。俺と利彦はついていくのに必死だったが、勇太は笑うことなく丁寧に教えてくれた。

いつしか仲良くなった俺たちはいつも一緒で、中学三年の春に、この村に似た避暑地で合宿をした。もちろん練習に励んだが、バーベキューや川遊びもして、最高に楽しいひとときを過ごした。

勇太だけは強豪高校から声がかかり野球を続けることになっていたが、俺と利彦は中学で引退して勉強に切り替えることにしていたため、それが俺たち野球小僧が一緒に過ごす最後の春となった。

ところが、高校に入学したばかりの頃、勇太に脳腫瘍が発覚。オペをしたものの、難しい位置にあり取り切れず余命宣告されてしまった。

痛みに苦しむ彼のところに俺は利彦と何度もお見舞いに行き、話し相手になっていた。

最終的には緩和ケア病棟に移った勇太が口にした言葉を、今でも忘れられない。

『お前たちだけなんだよ。早く治して甲子園行こうぜとか、学校来いよとか言わないの。皆励ましてくれてるってわかってるけど、そんな日が来るわけないのに笑って聞いてるの、つらいんだ。期待を裏切ってごめんって思ってしまって……酸素が吸えてないみたいに苦しくなってさ。俺、性格悪いな』

苦楽をともにしてきた俺と利彦は、日に日にやせ細る勇太に、もう一度野球をなんて軽々しく言えなかったのだ。

このときの勇太の言葉をきっかけに、誰かに気を使うことなく穏やかに旅立てる場所を自分が作ると決意した。

『ほんと性格悪いな。でも俺たちも悪いから心配するな』

俺がそう返すと、彼は肩を震わせて笑っていた。

その日を境に、勇太は俺たちにだけは本音をこぼすようになった。優しい彼は母の前でも弱音を吐けず、心まで死んでしまいそうだったのだ。

いよいよ死が近づいた頃、勇太は俺たちふたりとの面会を希望した。

酸素マスクをつけて苦しげに息をする姿に激しくショックを受けたが、彼の言葉はひと言も漏らすまいと耳を近づけて聞いた。

『合宿、の……とき……芝生の上……』

ところどころ聞き取れなかったが、三人で芝生の上に寝転んで、ぼーっと空を見上げていたときのことを話しているのだと、すぐにわかった。もう一度、あれをやりたかったのだと。

彼の目尻から涙がこぼれ、俺も利彦も泣くのをこらえるのに必死にならなければならなかった。

『俺が勇太も行ける場所を作るよ。約束だ』

俺がリゾート開発を手掛ける不動産会社の跡取りだと知っていた勇太にそう伝えると、彼がかすかに口角を上げ、ゆっくり手を上げてきたので、俺は彼の小指に小指を絡めた。

けれど『連れていってやる』とはどうしても言えなかった。そんな嘘を彼が望んでいるとは思えなかったからだ。

俺と利彦だけは、彼と最後まで本音でぶつかりたかった。

それが、勇太と交わした最後の言葉となったのだった——。

勇太との約束を胸にリゾート開発の仕事に携わるようになってから、施設を利用する誰もが、現実の苦労や束縛といったものから離れて自由に羽を伸ばせる場所を作ることを信念に置いてきた。

だから梢がモルディブで『ようやく酸素がいっぱいの空気を吸えた』と漏らしたとき、理想の場所を作れていると自信が持てたのだ。

思えば、あの発言をきっかけに、梢から目が離せなくなったのだと思う。

今回の長野のリゾートも、必ず成功させる。梢が感じた解放感を、多くの人に体験してもらいたい。

忙しいのか、利彦は三回目の電話にようやく出た。

「ホスピスに関する住民説明会をすることになった。準備はできてるだろ？」

土地の買収の際に、住民説明会を催している。設備や観光地としてのプランについて大まかに説明をして同意を得ているが、今回のように細かな点について気になることが出てくるのは想定内だ。そのための下準備は利彦に任せてある。

『もちろんだ。誰かさんが海外からうるさいほどメール送ってきたから、サボれなかったよ』

彼は、『三谷（みつたに）商事』という大手商社に勤務していたけれど、このプロジェクトを立ち上げるから手伝ってほしいと話したら、ふたつ返事でうちに来てくれた。俺が海外滞在中も着々と準備を進めてくれた、頼れる仲間だ。

「サンキュ。それじゃあ説明は頼んだ」

『了解。それで、どうなんだ？』

「どうって？」

付き合いが長いからか、言葉を端折（はしょ）っても通じることは多いが、さすがにわからない。

『新婚生活。新婚早々、急に出張って……奥さんかわいそうに』

実は利彦も政略結婚だとは知らない。だからおそらく、ほかの人たちと同じように、モルディブで出会って恋に落ち、電撃的に結婚を決めたと思っているはずだ。

帰国したら話そうと思っていたが、そんな暇なく挙式を迎えてしまった。

「離婚を言い渡されないことを祈っててくれ」

俺は電話を切ったあと、梢の顔を思い浮かべた。

きっと、花月茶園の危機を救った俺に、真面目な彼女のほうから離婚を言いだすことはないだろう。

本気で愛してしまったと伝えたら……梢はどう思うだろうか。もし彼女にそんなつもりは微塵もないとしたら、余計な負担を与えてしまうことになる。

「離婚、か……」

梢のことを思うなら、仕事上の付き合いだけにして、妻という立場から解放してやればいい。

何度もそう考えたけれど、離したくないという気持ちが先行して、とても無理そうだ。

とにかく、仕事を済ませて早く帰ろう。

仕事以外のことで頭を悩ませる自分が信じられないものの、梢への気持ちが本物なんだろうなと感じた。

結婚指輪の意味

健人さんが長野に発ってから四日目の夜遅く。寝室のベッドの上で放心していると、玄関のドアが開く音がした。

あかねさんと接触してから心が重く、健人さんのことをできるだけ考えないように仕事に没頭した。営業に走り回り、おかげで何件かの会社に煎茶を置いてもらえるようにはなったけれど、ちっとも心は晴れず今日を迎えた。

【遅くなるけど、今日帰る】

今朝、そんなメッセージが届いたとき、どんな顔をして出迎えたらいいのか戸惑った。

約束通り四日で戻ってくる彼は、私が寂しがると思って、必死に仕事を片付けてくれたのかもしれない。

あかねさんに会う前なら、喜びでいっぱいだったはずだ。けれど今は……そうまでして取り繕う夫婦の関係ってなんだろうと疑問ばかり抱いている。

あかねさんは、『仕事に目処が立ったらどうせ離婚する』と語ったが、それは間違いだ。だって、健人さんは跡取りを望んでいるのだから。

そもそも花月茶園は、彼の長年の恋を上回るほどの価値があるものなの？　政略結婚なんてしなくても喜んで協力するのに。

コンフォートリゾートと縁が途切れることを危惧した伯父が、結婚しなければ手を貸さないと脅したから？

疑問ばかりで、頭の中がぐちゃぐちゃだ。

足音が近づいてきたので、寝室を出ていく。本当なら玄関まで出迎えに行くべきだったのに、健人さんの顔を見るのが怖くて遅れてしまった。

「ただいま。ごめん、寝てたよね」

「いえ。おかえりなさい。お疲れさまでした」

とても視線を合わせられず、腰を折る。

「夫婦なんだから、そんな丁寧な挨拶はいらないよ。梢は真面目だなあ」

夫婦ってなに？　利害関係だけで結ばれているのが夫婦なの？

彼がくすくす笑うので、余計につらくなる。

黙っていると、彼は表情を引き締め、私の額に手を伸ばした。

「体調が悪い？　熱はないな」

「なんでもないです」

「結婚式してすぐに外に連れ回して、疲れたよな。仕事休める？　なんなら俺がお願いしようか？」

どうしてそんなに優しくするの？　私を愛するつもりがないなら、放っておいて！

最初から愛はないと宣告されていたのに……。だから、彼はなにも悪くないのに……。

八つ当たりに似た感情が湧いてきて、言葉がすぐに出てこない。

「梢？」

「……本当に、平気です」

そう答えたのに、荷物を置いた健人さんはいきなり私を抱き上げてベッドに運ぶ。

「無理は禁物だ。つらいときに一緒にいてやれなくてごめん。とにかく今日はゆっくり休んで。仕事に行けるかどうかは、明日の朝の調子を見て決めよう。おやすみ」

私に布団をかけた彼は、額にキスを落としてから部屋を出ていった。

彼の唇が触れた額に触れて考える。

健人さんがなにを考えているのか知りたい。けれど、全部聞いてしまったら妻でいるのがもっとつらくなる。

どれだけ恋焦がれても心が手に入らない人と夫婦でいることが、これほど残酷なことだとは思わなかった。

優しくされればされるほど気持ちが引き寄せられるのに、絶対に越えられない壁があるのだから。

心がへとへとだったからか、現実逃避したいからか、それからすぐに眠りに落ちた。

ふと目が覚めて隣を見ると、健人さんが寝息を立てている。

かすかに漂ってくるシャンプーの香りが私と同じで、なぜか泣きたくなった。

好きなの。あなたのことが、すごく好き。

口にはできない想いを心の中で叫ぶ。

白無垢の試着で再会したときは、どこか冷たい態度に顔が引きつったけれど、彼の口から出てくる言葉は基本温かい。

モルディブでもそうだったが、もともと心根が優しく周囲に気を配れる人なのだ。

この結婚に反対していた忠男さんですら、今や完全に彼を信頼している。

健人さんには人を魅了する力があって、私もあっという間に惹きつけられたひとりだ。でも、彼にとって私はその中のいち人物にすぎないのだろう。

少し身じろぎすると、彼の手に指が触れてしまいこっそり握りしめた。すると彼が寝返りを打ち、私を抱えるように抱きしめてくるので、心臓がドクンと跳ねる。

起きているのかと思いきや変わらず静かに寝息を立てていて、無意識なのだとわかった。

ねえ、私を見て。今、腕の中にいるのは私だと、ちゃんと自覚して。

出張前に視線を合わせながら抱かれたときのことを思い出し、わがままを言いそうになる。

けれど声には出せず、彼のパジャマをギュッとつかんだ。


翌朝、リビングのカーテンを開け、東の空から昇ってくる太陽の光を浴びて気持ちを切り替えた。

私が健人さんに特別な感情を抱くのは勝手だ。でも、彼に罪はない。とにかく、妻としての役割を果たさなければ。

早速キッチンで朝食を作り始めると、寝ぼけまなこをこすりながら健人さんがやってきた。

「おはようございます」

「おはよ」

はきはき挨拶をすると、彼は少し驚いた様子で隣にやってくる。

「体調よくなった?」

「ご心配をおかけしました。やっぱり、ちょっと疲れてたみたいです」

彼の顔を見て伝えると、いきなり抱き寄せられて目を瞠る。

「そんなにひとりで頑張るなよ。せっかく夫婦になったんだから、俺には弱音を吐いたっていいんだぞ」

彼は出張に出かける前も、わがままを言ってもいいと伝えてくれた。やはり、とびきり優しい人だ。

「ありがとうございます」

お礼を言って離れると、彼は優しく微笑んだ。

「俺、お茶を淹れるよ」

料理ができあがりそうなことに気づいた彼は、お湯を沸かし始め、パントリーに手を伸ばす。

「長野は粉末茶ばかりで、おいしいお茶が飲みたかった」

「おいしくなかったんですか?」

粉末茶とは、茶葉そのものを石臼で挽いて粉末にしたもの。抹茶もその仲間で、花月茶園でもいろいろ扱いがある。

「それが、お茶の成分を使った粉末茶で」

「あっ、インスタントティのほうですね……」

こちらは、煎茶の抽出液に添加物を配合して乾燥させたお茶だ。これは、花月茶園には置いていない。

「そう。やっぱり本物を飲んでると物足りなくて。玉露奮発していい？」

「もちろんです」

お茶好きの人と話していると心が弾む。私たちがつないできた歴史は間違っていないのだと胸を張れるからだ。

「お仕事はうまくいったんですか？」

余計なことかもしれないと思いつつ、花月茶園も一端を担うのだしと思い尋ねる。

「うん。村の人たちの不安が募ってて……。だけど、利彦の丁寧な説明に納得してくれた」

「利彦さん？」

「新見(にいみ)利彦。俺の親友で、今は一緒に仕事してる。そのうち会うと思うから、改めて紹介するよ」

彼はそう言いながら玉露の茶葉を出して香りを楽しんでいる。

「親友と一緒に働けるなんて、珍しいですね」

「約束を果たすために、俺が引っ張ってきたんだ」

「約束？」

そういえば、健人さんにどうして私と政略結婚をするのかと尋ねたら『約束したから』と話していたような。

「もうひとりの親友との約束。あっ、お湯沸いた」

彼はおそろいの湯呑をきちんとお湯で温めている。この湯呑は、信楽焼の茶碗と一緒に購入したものだ。

健人さんが真剣にお茶を淹れ始めたため、話が途切れてしまった。

それから長野のプロジェクトが本格的に動きだし、健人さんは忙しく走り回っている。

現地に飛ぶこともしばしばで、突然の出張も日常茶飯事。もしかしたらその合間にあかねさんに会っているのではないかという懸念はあるけれど、家にいるときはいつも優しく、彼女の存在なんて微塵も感じさせない。

体を重ねるたびに熱い視線で見つめられて、愛されているのではないかと錯覚ばかりしている。

　赤ちゃんをもうけることが目的であってもあっさり済ませるわけではなく、彼は指で、そして舌で、私を散々翻弄してから貫く。

「梢」と官能的なため息交じりの声で呼ばれると、そのたびに達してしまいそうになってこらえ、彼のたくましい腕をつかむ。

「イキそう？」

　私のその癖に気づいた彼が耳朶を食みながら尋ねてくるが、恥ずかしくてとても認められず、首を横に振る。

「それじゃあ、もっと気持ちよくしないとね」

　そうやって私を煽る彼は余裕そうに見えるけれど、次第に呼吸が浅くなり甘い吐息を吐く。そして私を強く抱きしめながら欲を放った。

　愛を感じるような丁寧な行為のあとが、最高に幸せなひとときだ。まだ息の荒い健人さんが私を抱きしめ、優しく髪を撫でてくれるから。

　こんなふうに振る舞われたら、彼への恋心を断ち切ろうにもできない。それどころか、ますますのめり込んでいく。

もしかしたらあかねさんと付き合っていたのは過去の話で、今の関係を尋ねたら、もう別れたと答えてくれるのではないか。

そう期待して喉から質問が出そうになるけれど、そもそも愛のない結婚を受け入れた私には、彼の女性関係について問う権利がないのではないかと考えてしまい、呑み込む。

せめて、このひとときだけでも健人さんを独占したい。そんな気持ちを持つようになった自分が意外だった。


長野のリゾートへの茶葉の提供について話がしたいと、健人さんが店に来ることになっていたその日。

急な来客に対応しなければならなくなったからと、以前彼の話に出てきた新見さんが代わりに来てくれた。

私だけでなく、忠男さんやほかの従業員にも丁寧に挨拶をしてくれた彼は、健人さんほど背は高くないけれど、スタイルがよく、スポーツマン体形だ。どうやら健人さんとは野球仲間だったらしい。

応接室でお茶を出して対面のソファに座ると、彼は話し始めた。

「健人が来られるとよかったんですけど……」

「いえ。大丈夫ですよ」

「なんて、健人のほうが来たがってたんですけどね」

にっこり笑う新見さんに首を傾げる。

「健人さんが？」

「はい。しょうがないからお前に行かせるけど、絶対に梢さんには触れるなと釘を刺されました」

「は？」

私に触れるなって？

「独占欲にもほどがあるというか……親友の奥さんに手を出すわけがないのに。心配性だな」

独占欲って……。

私が健人さんに抱いたような感情を、健人さんも持っているの？

ううん。新見さんは私たちが政略結婚だと知らないからそう言っているだけだろう。

健人さんは仲睦まじい夫婦を演じているのだ、きっと。

「長居すると怒られますから、早速ですが……」

それから新見さんは、完璧に作られた資料をもとに、花月茶園への要望を話した。

「今年はいい茶葉が育っているようで、すでに一番茶を販売しております。こちら、よろしければ会社でどうぞ」

「それはありがたい」

できたてほやほやの煎茶の茶葉を渡すと、喜んでもらえてうれしい。

「もしかして、これも？」

「はい。一番茶です。苦み少なめのさわやかな味わいですので、冷やしてもおいしくいただけますよ」

彼に出したのも同じ煎茶だ。国内だけで百種を超えるという茶葉から、茶師の忠男さんが厳選して仕入れたものを、店の隣の工場で蒸しや揉みといった作業を繰り返し商品化している。

「たしかに、煎茶にしてはさわやかだ。うちが希望するようなお茶も用意できますか？」

「もちろんです。お話を伺っていると、深蒸しという蒸し時間を一分弱にしたお茶がいいのではないかと思っております。試作品を作ってお届けしますので、それをもとに改良していければと」

同じ葉を使っても、茶葉を蒸す時間が十秒違うだけで違った味わいになる。

「健人が、梢さんに聞けばなんでもすぐに答えてくれると話していましたけど、その通りでした。約束がいい形で果たせそうだ」

新見さんが約束と口にするので、ハッとした。そういえば、もうひとりの親友としたという約束について、健人さんに聞きそびれている。

「あの、約束とは……？」

「あれっ、聞いてないですか？　実は俺たち、高校生の頃に親友を病気で亡くしてるんです。それで——」

新見さんから、亡くなった親友の勇太さんのことや、その彼と交わした約束について聞き、長野のプロジェクトにかけるふたりの熱い気持ちに胸を打たれた。

「そうだったんですね……」

「はい。ホスピスも造るので、普通のリゾート開発より難易度が上がりますが、万が一ホスピスが赤字になってもいいように、ほかでしっかり収益を上げるつもりです。スキーだけでなく一年を通して楽しめるリゾートにして、確実に達成します」

新見さんの目が鋭くなる。きっと健人さんもそうだろう。彼らなら絶対に成功させる。

「お手伝いできてうれしいです」

大企業が社運をかける大きなプロジェクトに少しかかわるだけで、手伝いなんておこがましいけれど、これまで必死に走ってきた努力が認められた気がしてうれしい。

「こちらこそ。健人がここのお茶は、毎年必ず前年の味を超えてくると絶賛していて。だからこそ、昨年は残念で……」

「申し訳ありません」

品質を無視した伯父のむちゃくちゃな要求をなんとしてでも止めるべきだった。私が踏ん張れなかったから、祖父たちが紡いできた信用を失う羽目になってしまったのだ。

唇を噛みしめると、新見さんが首を横に振る。

「梢さんのせいではありませんよ。実は健人が、前オーナーの態度に疑問を抱いて、挙式の直後に茶師の忠男さんと電話で話をしたようで」

「忠男さんと？」

挙式後、健人さんは書斎にこもって仕事をしているとばかり思っていたけれど、忠男さんとも話していたのかもしれない。

「前オーナーに、手を上げられたことまであったんですね。忠男さんが随分心を痛めていらっしゃったとか。娘のような子なのに、なにもしてやれないと涙声だったそうで。それを聞いた健人が激怒して……」

「健人さんが……」

「これは口止めされているのですが」

　顔をくしゃっとして笑う新見さんは、続ける。

「当初は代表権をはく奪後、ただの退職で済まそうとしたのですが、前オーナーにパワハラがあったということで、健人が社長に許可を取り、懲戒解雇処分を通告しました。どうも借金だらけだったらしくて、退職金も入らなかったことで自己破産したようですよ」

　そういえば、伯父が店頭に来て暴れたと聞いた。『なにかあったみたい』と従業員が話していたけれど、懲戒解雇を通告されてそのような行動に出たのだろう。

　伯父は競馬が好きでかなりのお金をつぎ込んでいたけれど、自己破産するほどだとは知らなかった。伯父が花月茶園に執着する理由が腑に落ちた。

「長野から戻ったあと、納得できない前オーナーから面会を要求されて、健人が応じました」

　健人さんはそんな話、ひと言もしないのに。

どうなったのか気になり、自然と体が前に傾く。

「そのとき私も同席していたのですが……普段は冷静な健人が、珍しく怒りをむき出しにしたんです。前オーナーの胸倉をつかんで、『梢に手を上げた代償だ。殺されなかっただけでもありがたいと思え！』と、まあ、会社の跡取りとしては不適切な言葉を言い放ちまして」

「嘘……」

冷静沈着というイメージが強い健人さんが、そんな言葉を投げつけるとはびっくりだ。

「俺は、健人の怒りが抑えきれなくなったら止める要員として同席したのですが、前オーナーのあまりの行いに止める気にもならず、しばらくそのままにしておきました」

新見さんはくすくす笑う。

「え……」

「心配しないでください。健人は踏みとどまりましたから。まあ、一発二発殴ったところで、見なかったことにしたと思いますけどね」

健人さんが私のためにそこまで憤ってくれたのがうれしい。

「それで、梢さんにも感謝しました」

「私に？　どうしてですか？」

首を傾げると、彼は優しい笑みを浮かべる。

「健人は勇太との別れのあとから、なにもしてやれなかったとずっと自分を責めて。だからこそ今回のプロジェクトに並々ならぬ覚悟を持って挑んでいるのですが……。自分のことなんて二の次で、仕事に没頭してきました。でも、暴言を吐いた健人を見てホッとしたんです。あいつはようやく自分を取り戻したんだなと」

新見さんはなにかを思い出したように、目を弓なりに細める。

「梢さんのおかげで、人間に戻ったんです。ずっと感情のないサイボーグみたいでしたから」

「サイボーグ？」

「そうそう。つんと澄まして涼しい顔して。でも本当は、俺たち三人の中で一番熱い男だったんですよ。大切な人を守りたいという強い気持ちが、本来の健人の感情を呼び覚ましたんだと思ってます」

大切な人って……。私と健人さんの間には特別な感情はないのに。ううん、私にはあるけれど、健人さんにはないはずだ。

「だから、これからも健人をお願いします。そろそろ帰らないと叱られる。失礼しますね」

新見さんはお土産のお茶を大切そうに抱えて帰っていった。

「健人さんが……」

伯父にそんなふうに怒ってくれたとは。

コンフォートリゾートが買収してくれなければ、いや、健人さんがうちのお茶に興味を抱かなければ、花月茶園の未来はなかった。

モルディブで出会えたのも奇跡だったけれど……彼との強い絆を感じて、頬が緩む。

本当の夫婦になれたら……。

どうしてもそう考えてしまう。

私と彼が心を通わせる未来なんてないのかもしれない。でも、そうなれるように努力したって、いいよね……。

私は健人さんの笑顔を思い浮かべながら、そんなことを考えていた。

健人さんとの時間は、あっという間に過ぎていく。

忙しい彼はしばしば帰宅もままならない。必ず連絡を入れてくれるものの、そのたびにどうしても眉間にしわが寄る。

というのも……あかねさんのことが気になるからだ。

出張と称して、あかねさんと会っているのではないかという懸念は拭えないけれど、彼の言動が優しくてそんなことはないと信じている。

長野への一泊二日の出張から戻ったその夜。私を丁寧に抱いた彼は、腕の中でまどろむ私にささやいた。

「明日、休みだよね。付き合ってくれない？」

「はい。構いませんけど、なにをするんですか？」

出張続きだった彼も、代休だ。

「俺、すごく大事なこと忘れてて」

「大事なことって？」

問うと、彼は私の左手を持ち上げて、薬指にキスをする。

「ここに、俺のものという証が必要だなと思って」

結婚指輪のこと？

でも、〝俺のものという証〟だなんて、驚いた。以前新見さんが話していたように、健人さんの独占欲を感じたからだ。

あれは新見さんの勘違いではないの？

「梢も、俺につけない？」

彼は自分の大きな左手を顔の前にかざす。

「嫌なら、断っても――」

「つけたいです」

健人さんと本物の夫婦になりたいと思っているのに、嫌なわけがない。むきになって返事をすると、彼は驚いたように目を見開いたあと頬を緩めた。

「それじゃあ、決まり。気に入ってるブランドとかある？」

「なんでもいいです。健人さんとおそろいなら……」

彼と夫婦の証をつけられるなら、おもちゃの指輪だって構わない。

興奮しすぎて本音がぽろぽろ漏れてしまい、慌てて口をつぐむ。

あかねさんの存在を知り、彼女に健人さんを取られたくないという気持ちが爆発しそうになっている。

「そっか。俺も、梢と同じものがつけられるなら、なんだっていい」

私の言葉が重いのではないかと心配したけれど、意外にも健人さんは顔をほころばせている。

こんなに優しい笑みを見せてくれるのに、心の中にはあかねさんがいるのだろうか。

もやもやした気持ちをすっかり拭うことはできないけれど、今はなにも考えずにこの幸せなひとときを満喫したい。

「梢って……」

「ん？」

「俺を煽るのうまいな」

「煽る？」

なんのことを言っているのだろう。

首をひねっていると、彼はむくっと起き上がり、私の顔の横に両手をついた。

「俺、結構我慢してるんだけど」

「我慢？」

「そう。折れそうに細いから、無理させたら悪いと思って」

彼はそう言いながら、私のお腹を指ですーっと撫でる。それだけで全身が熱を帯びてくるのは、彼に植えつけられた快感がよみがえるからだ。

「でも、あんまりかわいいこと言うから、無理」

「あっ……」

健人さんが首筋に舌を這わせるので、甘い声が漏れてしまう。

「梢」

彼は私の名を呼んだあと、まっすぐな視線を注ぐ。そして一瞬微笑んだあと、熱い唇を重ねた。


翌日は朝食を軽めに済ませて、健人さんが運転する車で街に繰り出した。

私は心弾ませているけれど、私の手を引く健人さんがそれ以上に楽しそうだ。

いくつかのブランドショップを覗き、私はダイヤが一周しているエタニティの指輪を、彼はシンプルなプラチナの指輪を購入し、早速左手につけた。

「ハーフでよかったのに……」

ハーフエタニティどころか、私もダイヤなしを選んでいたのだけれど、彼が絶対にこっちがいいと譲らなかったのだ。

「サイズ調節できないから？　そのときはまた買えばいいって言ったじゃないか」

「そういうことじゃなくて……」

あんないきさつで結婚した私が、これほど高価なものを贈られてもいいのかと戸惑ったのだ。

「俺が満足してるんだからいいだろ？　婚約指輪も買おうって言ったのに」

「もう十分です！」

大きなひと粒ダイヤの指輪も勧められたけれど、頑として断った。あんな高価な物を身につける度胸もなく、飾っておくだけになりそうだからだ。

彼は指を絡めて、指輪の収まった私の左手を握り、じっと観察している。そして、ふっと笑みを漏らす姿が意外だった。心が弾んでいるのが目に見えるかのようだったのだ。

「昼はなにが食べたい？」

「なんのお店があるのかな……」

この付近にはあまり来たことがなくて、よく知らない。

「うーん。そうだな。ちょっと接待が続いたから、かしこまったところよりカジュアルなレストランで食べたい気分なんだけど、いい？」

「はい。私もそっちがいいです」

元気よく返事をすると、彼は白い歯を見せた。

健人さんがチョイスしたのは、イタリアンレストラン。彼が和食好きなこともあり家では和食中心だけれど、チーズのたっぷりのったピザもたまにはいい。

窓際の席に向かい合って座り、ウニがふんだんに使われたパスタとマルゲリータピザをシェアしていると、健人さんのスマホが鳴る。それを確認した彼は一瞬眉をひそめた。

「どうかしたんですか？」

「……うん。ちょっと席外していい？　すぐ戻ってくるから先に食べてて」

「わかりました」

おそらく仕事だろうと思い了承すると、彼はスマホ片手にレストランを出ていく。

今のうちにピザを切り分けておこうとピザカッターを手にしたそのとき、白いカットソーに淡いグリーンのロングスカート姿の女性が駆けていくところが窓の外に見えた。

ピザに視線を戻したものの、なにかが引っかかり、再び外に目を向ける。すると先ほどの彼女が店の入口で誰かと話しているのがわかった。

待ち合わせだったのかなと思いながら見ていると、看板の影になっていた相手が健人さんだったので、軽く固まる。しかも、女性の顔をしっかり見るとあかねさんで、ピザカッターを皿の上に落としてしまった。

「どうして……」

結婚指輪まで買ってもらい幸せなひとときを過ごしていたのに、私を放置してまで彼女に会いに行くなんて、胸が痛くてたまらない。

せめて、私のいないところで会ってよ！

そんな憤りが湧いてくる。

健人さんは、私に気づかれても構わないのだろう。私たちの間に愛なんてないのだから。

でも……だったらどうして、あんなに甘い言葉をささやきながら私を抱くの？　私の薬指に指輪を入れて、あんなにうれしそうな顔をしていたの？

政略結婚を受け入れたのは自分でしょう？　モルディブの熱い夜を断ち切るように、彼になにも告げずに立ち去ったのも私じゃない。

これは自分の選択が招いた悲劇なのだと必死に言い聞かせるも、動揺が収まらない。

視界がにじんできてしまい、慌てて目を閉じて深呼吸を繰り返した。

私の役割は、健人さんの仕事に協力して跡継ぎを産むことだけ。それ以上を求めるのは間違っている。

心の中で何度も自分を戒めるも、かえって苦しくなるありさまだ。

健人さんは戻ってくるのだろうか。どんな顔をして？　なんと声をかけたらいいの？

今すぐここから逃げ出したい。ふたりが言葉を交わす姿を平気で見ていられるほど、私は強くないから。

それから自分がなにをしていたのか、よく覚えていない。気がつくと健人さんが目の前にいて、私の顔を覗き込んでいた。

「梢？　どうかした？」

「……ちょっと考えごとをしていただけです。なんでもありません」

「でも、顔色悪いぞ。俺がまた連れ回したから——」

「違います」

強く反論しすぎたからか、健人さんは目を丸くしている。

でも、昨晩誘われてからついさっきまで、すごく楽しかった。その時間まで否定されたくない。

「待たせたから怒ってる？　ごめん。ちょっと知り合いが俺を見かけたって連絡してきて。どうしても話があるからと……」

知り合い？　愛人でしょう？　話ってなに？

聞きたいことだらけなのに、口には出せない。私はそんなふうに責められる立場ではないのだから。

「怒ってなんていません」

自分の状況に絶望しているだけ。

とはいえ、あのまま伯父が花月茶園の舵取りをしていたら、近い将来会社がなくなっていたことは間違いなしだ。私が選んだ道は間違っていないはず。

――ただ、この苦しい気持ちを我慢すればいいだけ。

「本当？」

「はい。食べましょう」

私がパスタを取り分けて前に置くと、彼は難しい顔をしながらもフォークを手にした。

食事のあと行きたいところを聞かれて、日本茶を扱うライバル店に向かい、茶葉をいくつも購入した。

「こんなにどうするんだ？」

「もちろん、試飲して研究するんです。うちのお茶が負けているところはどこか、なんの成分が足りないのか調べます。成分分析機を置いているので、そういうこともわかるようになって」

それを置く前は、茶師である忠男さんの舌に頼っていた。でも今は、数値で見られるようになった。

「成分を分析すると、おいしいかどうかわかるの？」

「はい。たとえば、旨(うま)みのもととなるテアニンという成分の量を測ったりします。うちの煎茶には三パーセント以上含まれていますが、安いお茶だと〇・一パーセントしか含まれていないこともあるんですよ」

店から駐車場に行く道すがら熱く語っていると、健人さんが私の抱えていた茶葉の入った袋を奪っていった。

「科学的に分析するなんて、進化してるんだな。で、梢はお茶の話をしているときが一番生き生きしてる」

「あっ、ごめんなさい」

本当は、せっかくの健人さんとのデートなのに、茶葉を買いに行くつもりなんて微塵もなかった。けれど、あかねさんの姿を見てしまってから、ほかのことに意識を向けないと息が苦しくてたまらないのだ。

「謝らなくても。俺はどうしたら、梢にそんな顔をさせられるのかなと思っただけ」

だったら、私だけを見て。あかねさんには会わないで。

そう叫びたい衝動に駆られるが、もちろん呑み込む。

「帰ったら一緒にお茶を飲んでくれますか？」

「お安い御用だ。何杯でも」

彼がおどけた調子で言うので、場の雰囲気が和んだ。

これでいいのだ。好きな人のそばにいられるだけでなく、妻という立場までもらった。彼は優しい人だから、この先子供が生まれたとしても、温かい家庭を築けるだろう。

――たとえ、私以外の女性を愛していても。

健人さんがすっと手を差し出してくるので、指輪の収まった左手で握る。こうしていられるだけで幸せ。私は幸せなの。

そう自分に言い聞かせて、彼の隣を歩き続けた。

溺れるほどの愛を

結婚指輪を買ってもらってから、肌身離さずつけている。お客さまがいなくなった花月茶園でも女性従業員たちがすぐに気づいて、たちまち囲まれてしまった。

「さすが、大企業の跡取り。こんなキラキラした指輪、初めて見たわよ」

「あはっ」

「梢ちゃん、本当にいい人捕まえたんだね」

政略結婚だと知らない彼女たちに満面の笑みで祝福されて、複雑な気持ちでうなずいた。

あかねさんを見かけたあの夜。健人さんに求められたけれど、断ってしまった。どうしても彼女の姿が頭をよぎり、平気な顔で抱かれるなんて無理だったのだ。

跡取りを望む彼との行為を拒むべきではないと思って応じてきたし……なにより、愛を感じるあのひとときを、私が楽しみにしていた。

その愛がただの錯覚だと思い知らされた今、どうしてもそんな気になれない。

拒むと彼は驚いていたけれど、すぐに了承して私を抱きしめたまま眠った。

それから健人さんが忙しくなり、夜遅くに帰ってきては眠るだけの日々。彼がどう思っているのか気になっている一方で、求められることがなくホッともしている。

「試飲の時間だよー」

できたての茶葉を持って店に顔を出したのは忠男さんだ。

「あっ、長野のお茶ですか？」

新見さんからの要望を伝えてあったのだ。

「そうそう。蒸しを四十八秒にしてみた。飲んで感想聞かせて」

蒸し時間がほんの少し異なるだけで、違う味わいになる。今年の茶葉に合わせてそれを調節するのが、忠男さんたちの腕の見せどころだ。

「私、淹れますね」

淹れ方について熟知している女性従業員が奥へと入っていくと、忠男さんが私の隣にやってきて口を開いた。

「絶対にうまいと言わせるから、心配いらないよ」

「はい。忠男さんを信じています」

「抹茶のサンプルもできたんだ。なんとか採用してもらえるといいんだけど……」

こちらは、長野のリゾートに出店するエール・ダンジュ次第だ。

一度信用を失っているので簡単ではないけれど、真摯に対応していれば可能性はゼロではないはず。

「エール・ダンジュには、主人の会社を通して交渉します。ほかにも営業してくるので、サンプルを分けてください」

そう伝えると、忠男さんの目尻が下がる。

「主人か……。この結婚、最初は心配してたけど、梢ちゃんが幸せそうでよかった。神木さんもいい人で」

「はい。ありがとうございます」

笑顔で答えるも、心は泣いていた。

誰から見ても、私たちの結婚は順風満帆。とても互いの利のために結ばれたとは思えないほど健人さんは優しい。けれど、見えないところに大きな問題があるのだ。

「でも、最近顔色悪いよ。神木さんが無茶な要求してくるとは思えないけど……新婚生活を完璧にしようと無理してないか？　梢ちゃん、なんでも頑張りすぎるところがあるから」

「大丈夫です。健人さん、出張続きでいないことが多いですし」

「なるほど。寂しいほうか」

忠男さんがにこやかに笑いながら言うので、少し照れくさい。

寂しいのは本当だから。

健人さんの声が聞こえてこない部屋は、閑散としていてやる気が出ない。

その一方で、健人さんがいるとどうしてもあかねさんの顔がよぎり、激しい嫉妬に襲われる。

そばにいてほしいのに一緒にいると苦しいという、複雑な心境だ。

「もう、茶化さないでください」

「はーい、お茶入りましたよ」

奥から声が聞こえたので、私たちも休憩室に向かった。

最高のお茶を試飲したあと、忠男さんから抹茶のサンプルを受け取り、私は営業に出た。

今日は曇天が広がり、今にも雨が降りだしそうだ。

今朝、長野の天気をチェックしたら大雨になっていた。建築会社の担当者と一緒に現地を視察している健人さんの仕事に、影響が出ていそうだ。彼は今晩帰宅するはずなのだが、出張が延びるかもしれない。

食品を扱う企業のいくつかに抹茶のサンプルを持参して営業し終わった頃、とうとうポツポツと雨が降り始めた。

気圧の変化が激しいせいか体が重く、胃がむかむかする。いつもなら、だるいくらいで済むのだけれど、座り込みたい衝動に駆られた。

あかねさんの姿を見てからストレスフルで、ちょっとまいっているのかもしれない。

時計を見ると、すでに終業時間を過ぎていたので、店に電話を入れて直帰することにした。

傘を忘れてしまったため雨に濡れながらの帰宅になり、すぐに熱いシャワーを浴びる。

部屋着に着替えて髪を乾かしている間に、どんどん体調が悪化してきてしまった。

「風邪ひいたのかな……」

一応熱を測ってみたが、三十六度八分といつもより少し高い程度で安心した。ただ、なんとも言えない倦怠感と、体の火照りを感じてベッドに入る。

そういえばここ数日、本調子ではなかった。けれど、健人さんがいないので気が抜けているだけだと思い込んでいた。

「はぁー。ストレスで倒れるなんて、最悪」

自分が情けなくてため息をつくと、ベッドに持ってきていたスマホが鳴り、メッセージを受信した。

「やっぱり……」

健人さんからで、雨で一部の視察が中止となってしまったため、帰りが一日延びるようだ。

電話で連絡してくれるときもあるけれど、こうしてメッセージを送ってくるときは、仕事の関係者と一緒のはず。

私は【わかりました。頑張ってください】と短いメッセージを送信して、スマホを閉じた。

夕食を作る気になれずそのままうとうとしていると、チャイムが鳴った。

宅配便でも来たのだろうかと対応すると、モニターにあかねさんの姿が映っていたので、息を呑む。

居留守を使おうかとも思ったけれど、健人さんとの関係をはっきり聞きたい気持ちもあり、応答することにした。前回は突然のことでまったく冷静になれず、啖呵を切っただけだからだ。

「はい」

『健人くんいますか?』

名乗りもせず健人さんを要求する彼女は、私なんて眼中にないのだろう。

「仕事に出ております」

『あれっ、今日帰るって言ってたのに。こんなことなら一緒に帰ってくればよかった』

一緒に帰ってくる? まさか、彼女も長野にいたの?

ふたりの関係を問いただす気でドアホンに出たのに、頭が真っ白になってしまい言葉が出てこない。

『何時に帰ってきますか? あっ、自分で聞くからいいや。お飾りの奥さんをあんまりいじめてもかわいそうだし』

彼女は一方的に話すと、去っていった。

誰も映っていないモニターをぼーっと見つめ、立ち尽くす。

やっぱりふたりは、出張と称して密会を重ねているのかもしれない。さすがにもう無理だ。

その場に座り込み、放心する。

「健人さん……。健人、さん……」

夫なのに決して手の届かない人の名前を呼んでみる。けれど、当然返事はない。

彼はこの先どうするつもりなのだろう。

本気であかねさんを愛しているのなら、彼女に跡継ぎを産んでもらったほうがいい。

花月茶園から伯父を排除してくれただけで、十分だ。決してコンフォートリゾートを裏切ることなく協力していくし、伯父の妨害がなければ細々と商売を続けていける。

「離婚……」

このとき初めて、健人さんとの離婚を考えた。

彼を本気で好きになってしまった私は、ほかの女性に愛をささやく健人さんの隣にいるのがつらいのだ。

奇跡が起きて好きな人と夫婦になれたのに、別れを選択しなければならなくなるなんて、あまりに残酷だ。

やはり、出会わなければよかったのだろうか。

ううん、健人さんと過ごした楽しい時間まで否定したくない。モルディブで抱かれたあのとき、愛を感じたのは間違いではないと信じたい。

壁にもたれて呆然としているうちに、再び気分が悪くなってきた。やはりストレスかもしれないと思ったそのとき……。

「まさか……」

私は下腹部に手を置いた。忙しくて気にもしていなかったが、生理が遅れている。

体調不良が妊娠のせいだったら……。

慌てて洗面所に行き、いつか使うと思って購入してあった妊娠検査薬を棚から取り出すも、手が震える。

「どうしよう……」

健人さんとの赤ちゃんがお腹にいたら、どうすればいい？　あかねさんのことは目をつぶって、心を殺しながら生きていく？

とにかく検査をと思い、トイレに入る。

そして数分後、私は喜びと戸惑いに激しく揺さぶられ、焦点が定まらなくなった。

妊娠していたからだ。


眠れぬ夜を過ごした翌朝。

カーテンを開けると、晴れ上がった空には虹が出ている。真夏に見られるそれより色が薄くどこかはかなげで、すぐに消えてしまった。

それがまるで今の自分のようで、気持ちが落ちる。健人さんのおかげで輝けたのに、あっという間に輝きをなくしてしまった。

所詮、彼という太陽がいたから輝けていただけなのだろう。健人さんに依存していてはいけない。強くならなければ。

私は空を見つめながら、お腹に手をやる。

「必ず幸せにするからね」

この子にはなんの罪もない。どんな道を歩くことになっても、この子の幸せだけは絶対に守る。

仕事が休みだった私は、気持ちを落ち着けようとパントリーに手を伸ばしていつもの煎茶を取り出した。けれど、妊娠しているのならと、黒豆茶に変える。

煎茶のカフェイン量であれば、飲みすぎなければ問題ないはずだ。でも、黒豆茶も好きなので問題ない。

むかつきは収まってきたけれど食欲が湧かずベッドで横になっていると、健人さんから電話が入った。

「もしもし」

『もしもし、昨日はごめんな。今、東京に向かってる。やっと梢に会える』

緊張しながら電話に出ると、彼の弾んだ声が聞こえてくる。

これは演技ではなく、彼の本心だと思いたい。けれど、あかねさんの存在があっては、素直には喜べなかった。

「気をつけて帰ってきてください」

『うん。ありがと』

そこで電話は終わった。あかねさんのことについては、きちんと顔を見て話したい。

私は東京駅まで迎えに行くことにした。

健人さんが乗っている新幹線が到着した頃、駅にたどり着いたものの、人があふれているうえ、どの改札口から出てくるのかわからない。

健人さんに連絡を取ろうとスマホをバッグから取り出したそのとき、目の前を見覚えのある顔が横切った。あかねさんだ。

彼女は一直線に中央改札に向かい、手を振っている。視線の先にジュラルミンのスーツケースを持った健人さんの姿があり、顔がこわばった。

彼女も帰京の時間を知っていたのだ。連絡を取り合っているのは間違いない。

改札から出てきた健人さんは、あかねさんと合流してなにか話している。

それを見て絶望的な気持ちに陥ったものの、『やっと梢に会える』と言った健人さんを信じたい。

きっとお腹に赤ちゃんがいなければ、こんなに強くなれなかっただろう。あかねさんの弾けた笑みを見て、引き下がったかもしれない。でも、私にはこの子を幸せにする義務がある。

私はふたりのところに近づいていった。

「健人さん」

そして声をかけると、彼は驚いた様子で目を見開いている。

その反応は、あかねさんの存在がばれたから？

「梢、迎えに来てくれたのか？」

健人さんはあかねさんとの会話をすぐに切り、私の前までやってきた。取り残されたあかねさんは、あからさまに顔をしかめる。

私の手を握る健人さんの左手に結婚指輪がつけられていたので、少し感情の波が収まった。

彼の妻は私。あかねさんに遠慮はいらない。

「はい。早く会いたくて」

「そっか。一日延びてごめんな。俺も会いたかった」

健人さんはあかねさんの前でも、ためらいもせず私を抱きしめる。

これがもし不貞を隠すための演技だったら、がっかりだ。でも、彼はそんな人ではないと気持ちを落ち着ける。

健人さんが離れると、私は彼の目をしっかり見つめて口を開く。

「健人さん。選んでください」

「選ぶ？　なにを？」

彼が不思議そうな顔をするので、あかねさんに視線を送る。

「彼女か私か、選んでください。もし、彼女を選んだとしても、お仕事は協力——」

「なにを言ってるんだ？」

私の言葉を遮り驚愕の表情を浮かべる健人さんは、ひどく焦った様子だ。

「あかねさんと、付き合ってるんですよね」

「あかねと？」

健人さんが彼女の名を呼び捨てするので、胸が痛い。けれど、この痛みに負けるわけにはいかない。この子を守るんだ。

「ありえない。そんなことを疑ってたのか？」

健人さんは私の肩を両手でつかみ、首を横に振る。そのうしろで、あかねさんは唇を噛みしめていた。

「疑ってって……。彼女から直接そう聞いたので」

正直に答えると、健人さんは大きなため息をついた。

「あかね。梢になにを言った」

振り返った彼は、あかねさんを問い詰める。

「なにって……。私と健人くんは特別な関係でしょう？　急に結婚なんて……。どうせ、仕事がらみでしょう？」

「そうだな。特別な関係だ」

健人さんがそう言うので、息が吸えなくなる。関係を否定した直後に、こんなにはっきり認めるとは。

覚悟を決めていたつもりだったのに、激しいショックでうろたえた。

「親友の妹という、特別な関係だ。それ以上でもそれ以下でもない」

親友の妹？　もしかしたら、亡くなった野球仲間の？

「梢との結婚は、あかねが言うように仕事がらみだ。だけど、俺は本気で梢を愛している。梢が俺をどう思おうが、俺の気持ちは梢にある」

これは、夢？

健人さんの力強い言葉に耳を疑う。けれど、私の手を握る彼の手は間違いなく温かくて、現実だとわかった。

「あかね。俺は前に言ったはずだ。他人を傷つける嘘だけはつくなと。俺や利彦に依存する気持ちはわかるし、それであかねの気持ちが楽になるなら、いつでも話を聞いてやる。でも、俺の人生とあかねの人生は別のものだ。俺はお前と付き合った記憶なんてないぞ」

健人さんは私の腰を抱いて、あかねさんに強い視線を送りながら言う。

「だって、健人くんは私のものなの！」

「違う。俺はこれまで一度たりとも、自分の心を誰かに預けてもいいと思ったことはない。そう思えたのは、梢が初めてだ」

健人さんの意外な言葉に驚き彼を見上げると、彼は真摯な表情であかねさんを見つめている。

「梢のためなら、なんだってできる。彼女のためになにかを捨てなくてはならなくなったとしても、きっと喜んで捨てるだろう。梢以上に大切なものなんてないからな」

健人さんの熱い気持ちがうれしくて、そっと彼のジャケットの裾をつかむ。もうこの手を放したくない。

「長野はどうするの？　お兄ちゃんの夢は？」

「叶えるために必死に走り回ってるんじゃないか。だけど、そのせいで梢を失うとしたら、俺はこのプロジェクトから手を引くよ」

「えっ……」

新見さんからこの仕事にかける情熱を聞かされていた私は、小さな声が漏れた。

すると健人さんは、私に視線を移して優しく微笑んでから続ける。

「俺が自分を犠牲にしてプロジェクトを成功させたって、勇太が喜ぶわけがないと梢に出会ってわかったから。梢にも、もう絶対に自分を犠牲にさせない」

彼はそう言いながら私の左手を握った。

結婚指輪を買ってくれたとき、本気で私と生きていくつもりだったのだとわかり、目頭が熱くなる。夫婦を取り繕う道具ではなく、愛がこもっていたことに胸が震えた。

「健人くんは、私のことなんてどうでもいいんだね」

「そんなことは言ってない。あかねは妹同然の存在だ。だけど、梢を傷つけるならお前を切るよ。俺にそんな悲しいことを言わせないでくれ」

健人さんは苦々しい表情で伝える。関係を切るなんて言いたくなかったに違いない。

「私には、もうなにもないのに。どうして！」

あかねさんの目から涙があふれる。周囲の視線を集めてしまい、私はとっさに彼女の手を引いて歩きだした。

「ちょっと、なに？　放して」

「なにがあるのか知りませんけど、ここじゃ、うまく泣けないでしょう？　健人さん、マンションにお連れしてもいいですか？」

「もちろん、いいけど……」

慌てて隣をついてきた健人さんに尋ねると、目を丸くしたもののうなずいた。

私たちはタクシーでマンションに向かった。

その道中、後部座席の私の隣に座ったあかねさんはうつむいたままずっと黙っていた。助手席の健人さんは困った顔をしていたけれど、運転手もいる空間ではなにも言えなかったようだ。重苦しい沈黙が続いた。

マンションに到着してあかねさんをリビングのソファに案内したあと、膝をついて問いかける。

「少し落ち着きました？」

「……はい」

「お茶淹れますね」

私が一旦キッチンに行くと、健人さんがあかねさんの隣に座り話しかける。

「なあ、あかね。お前には本当になにもないのか？　お前が周りを見ないようにしているだけじゃないのか？」

　彼女にどんな事情があるのか知らないけれど、健人さんが心配していることだけはわかる。

「ないでしょ？　皆、私のことなんてどうでもいいのよ！」

　あかねさんは膝の上の手を握りしめ、必死に涙をこらえている。

「お前が心を開かなければ、誰も近づけないじゃないか。いつまでも俺や利彦だけの世界で生きていくわけにはいかないんだ」

「それでいいじゃない」

　頑なあかねさんを見て、もしかしたらこれまでの私もそうだったのではないかと感じた。

　健人さんは『自分を犠牲にしてプロジェクトを成功させたって、勇太が喜ぶわけがない』と話したけれど、それは私と祖父の関係と同じかもしれない。

　祖父の遺志を継がなければと伯父の暴言に耐え、店を守ることに夢中になってきたけれど、天国の祖父が喜んでいたわけがない。祖父はいつだって両親を亡くした私をどうしたら笑顔にできるのか考えてくれる人だったからだ。

　私もずっと頑なだったのだ。けれど、健人さんに出会い、好きになり……そしてお腹に赤ちゃんまで授かって、ようやく私は私自身の意思を大切にできるようになった気がする。

私は三人分のお茶を淹れて、テーブルに運んだ。

「うちの自慢の煎茶です。どうぞ」

「煎茶?」

「はい。我が家の第一選択は日本茶なんです。お嫌いですか?」

尋ねると、あかねさんは小さく首を横に振る。

「梢はこのお茶を作っている会社を守ってるんだ。勇太が最後に口にした、あのお茶の」

「えっ? あのお茶の?」

勇太さんは、花月茶園のお茶を飲んで旅立ったの?

驚いていると、健人さんが私に視線を送って口を開いた。

「勇太は……最期のときが近づいたとわかったのか、どうしても口からなにかを食べたがったんだ。先生の許可をもらってかき氷を口に持っていったけど、甘いものがだめだったようで、吐き出してしまった」

健人さんはそのときのことを思い出しているのか、苦しそうな顔をしている。

「勇太が『俺はもうなにも食べられないのかな』って悲しそうに言うんだよ。それで利彦と相談して、たまたま病室に置いてあった煎茶を飲ませてみることにした。甘いものがだめなら苦いものという単純な思考だったんだけど、これがうまくいって、ひと口飲んだ勇太が『うまいなぁ』って……」

健人さんは深呼吸をして唇を噛みしめる。

「その三日後に亡くなったんだ。それが最後の飲み物になってしまった。それから俺も、同じお茶を飲むようになって。ほかの会社の煎茶も随分飲んでみたけど、花月茶園のものが格別にうまい。勇太にこのお茶を飲ませてやれてよかったなって」

だから、花月茶園にこだわっていたんだ。

「そうだったんですね。勇太さんに気に入ってもらえて光栄です」

私の知らないところで、花月茶園のお茶が小さな幸せを届けられていたと思うと、感慨深い。

「あかね、残さず飲めよ」

健人さんが命令口調で言うと、あかねさんは素直にうなずいて口に運んだ。

「お兄ちゃんの味だ……」

「勇太、あかねがずっと前に進めないのを見て心配してるぞ。って、俺もそうだったから、笑ってるかもな。お前たち、ばかだなって」

健人さんに続いて、私はあかねさんの前に膝をついて口を開いた。

「私も大切な人を亡くしてるんです。両親も、育ててくれた祖父も」

「えっ？」

湯呑を握りしめるあかねさんは、驚愕の声を出す。

「それから、もうなにもなくしたくないと思って、必死に生きてきました。それこそ祖父が残してくれた会社を守りたくて、政略結婚も受け入れて……。その相手が健人さんだったから幸せになれましたけど、そうじゃなかったかもしれないのに」

冷静に考えると、かなり無茶をしたと思う。

「政略結婚だと知っていた人は、危なっかしい私にやきもきしてたはず。でも、助けてほしいとも言えなかった。あかねさんのことをよく知らないのに、こんなことを言っては失礼かもしれませんけど……」

私があかねさんの目をしっかり見つめると、彼女も真剣な表情で視線を絡める。

「あなたのことをどうでもいいなんて、誰も思ってないはず。健人さんだって……」

健人さんに視線を送ると、深くうなずいている。

「俺には梢という大切な人ができた。だけど、あかねを捨てたわけじゃない。あかねが困ったら俺も利彦も必ず話を聞くし、手伝えることはする。でも、あかねの周囲にはほかにも助けてくれている人がいるはずだ。自分はひとりだと思い込まずに、周りを見てごらん」

健人さんがもう一度諭すと、あかねさんは大粒の涙を流し始めた。

「私……健人くんと利彦くんに見捨てられるのが怖かった。結婚したら、もう私のことなんてどうでもよくなるって……」

「ならないよ」

健人さんが声をかけると、あかねさんは涙でぐちゃぐちゃになった顔を私に向けた。

「ごめんなさい。梢さんを傷つけるのは間違ってました。……ごめんなさい」

彼女は何度も謝罪の言葉を口にして頭を下げる。

「もういいですから。うちのお茶を飲んで元気になってください。あっ、在庫あるかも」

パントリーから新しい煎茶を持ってきてあかねさんに渡すと、彼女は涙を拭いて笑顔を作る。

「健人くん。このお茶、社割で買えない？」

「俺のつけで買っとけ。梢に払うから」

健人さんがちらりと私を見るので、うなずいた。

ようやく気持ちを落ち着けたあかねさんは、私にもう一度深々と頭を下げてから帰っていった。

玄関で見送ったあとリビングに戻ると、健人さんにいきなり抱きしめられる。

「梢、つらい思いをさせてごめん。まさかあかねが接触してるなんて知らなくて」

「レストランで、話してましたよね」

問うと、彼は私をソファに連れていき、隣に座ってから口を開く。

「……最近、情緒不安定な感じで。俺や利彦のところに何回も電話が入ってたけど、俺は仕事が忙しくて取れなかったんだ。それであのとき、近くで見かけたから少しだけでも会いたいと連絡が来て、結婚を報告するいい機会だと思って話をした。ただ、梢との時間だからと、すぐに追い返したんだ」

それで余計に大切にされていないと感じたのかもしれない。

「あかねさんは、どうしてそんなに健人さんと新見さんに執着しているんですか？」

ふたりにとらわれている様子が、尋常ではない。

「……彼女のお母さん、勇太が小学生の頃に離婚して、必死に働いてふたりを育ててたんだ。勇太が病に倒れてからは、仕事以外の時間は全部勇太に費やした。その間、まだ十歳だったあかねはずっとひとりぼっちで」

「そっか……」

きっと寂しいと言えずに我慢したのだろう。

「勇太も気にしてたから、俺たちが宿題を見てやったりしてた。勇太が亡くなって、ようやくお母さんが自分のことを見てくれると思ってただろうに……お母さん、勇太を亡くした悲しみから逃れたかったのか、男の人に走って、家に帰ってこなくなってしまった」

「そんな……」

それでは、捨てられたも同然だ。

「施設に入ることになったあかねは、俺や利彦に執着するようになった。もっと広い世界に飛び立たせないといけないとわかってたから、少しずつ距離を取るようにはしてたけど、完全に連絡を絶つのは難しくて」

それはよくわかる。それくらいあかねさんは不安定だったのだろう。

「だけど、そのせいで梢を傷つけたなんて。本当にすまない」

健人さんは私の膝の上の手を大きな手で包み込み、難しい顔をする。

「事情はわかりましたから、大丈夫です」

「梢」

　健人さんが凛とした声で私の名を呼ぶので、緊張が走る。

「俺……モルディブで出会ってから、頭の中が梢でいっぱいなんだ。あの夜、梢を抱きながら婚約破棄をすると決めていた」

「えっ……？」

　思いもよらぬ発言に、声が漏れる。

「それなのに、梢が消えていて……。本気になったのは俺だけだったんだと……」

「違います」

　むしろ、彼にのめり込んだのは私のほうだ。

「私……愛のない結婚をするのがつらくて、健人さんに抱かれてすごく幸せでした。あのとき、勝手に愛を感じてしまって……」

「もちろん、梢への気持ちはたっぷり込めて抱いた。俺にとっても最高に幸せな時間だった」

　信じられないような彼の胸の内を聞いて、歓喜に包まれる。

「もう梢には会えないんだと落胆して、政略結婚を受け入れようと決めた。白無垢姿の梢を見て、息が止まったよ。相手が梢だったことを神さまに感謝した。だけど同時に、俺はこんなにうれしいのに、政略結婚の準備を淡々と進める梢は俺のことなんて眼中になくて会社が大事なんだと胸が痛くて……」

それで素っけなかったのだろう。

けれど、そう思われても仕方がない。健人さんへの気持ちを心の奥に畳み、花月茶園存続の道を選んだのだから。

「これは政略結婚だ。愛なんてないんだと自分に言い聞かせた。でも、無理なんだ。愛しい梢が目の前にいるのに、我慢なんてできるはずがない。梢を抱くたびに、何度愛してるとささやきそうになったか。気持ちを伝えられなくて、どれだけもどかしかったか……」

「健人さん……」

彼は私の目をまっすぐに見つめて、大きく息を吸い込んだあと口を開く。

「俺は梢に出会って、俺自身の感情を取り戻した気がしてる。こんなに熱くなれるんだと、自分に驚いてるくらいだ。愛してる。梢を一生離したくない」

私の頬に触れながら熱い愛の告白をする健人さんの瞳に自分が映っていて、胸がいっぱいになる。

「……私、健人さんに愛されることはないんだって、つらくて……。出会ったあの日から、ずっと健人さんが好きなんです」

もっといろんなことを伝えなくてはならないのに、感情があふれ出てきてそれしか言えなかった。けれど彼は、うれしそうに目を細めて私を抱き寄せる。

「梢。必ず幸せにする。一生俺の妻でいてくれないか」

「はい」

承諾の返事をすると、熱い唇が重なった。

本気のプロポーズに感極まってしまい、目頭が熱くなる。

伯父から政略結婚を言い渡されたあの日、こんな日が訪れるとは思わなかった。

彼の広い胸で静かに涙を流す。離れる覚悟までしたのに、いきなり開けた未来に感謝しかない。

「あかねのこと、ずっと気にしてた？」

「……はい。長野に一緒に行っていたと聞いて、いてもたってもいられなくなって……」

嫉妬を知られるのは面映ゆい。けれど、正直に伝えると、彼は私の体を離して驚いた顔をしている。

「長野に行くとは伝えてあったけど、あかねは来てないぞ。帰りの新幹線に乗ってから、どうしても話がしたいとあかねからメッセージが来たから、東京に着く時間を知らせた。気になるなら、ずっと一緒にいた建築会社の人に電話して聞いてみる？」

それじゃあ、あかねさんがとっさについた嘘だったのだろう。

「ううん。健人さんを信じます。私の旦那さまは、優しくて誠実な人ですから」

そう答えると、再び強く抱きしめられた。

「ありがとう。絶対に梢の期待を裏切らないように生きていく。心配いらない。俺、梢しか見えてないから。だから梢も約束して」

「なに、を？」

彼の肩に頭を預けて問う。

「梢も自分に正直に生きて。もっと自分を大切にしてほしい。ただ、俺から離れたいという意見だけは却下」

彼がそんなふうに言うので、笑みがこぼれる。

「健人さんもですよ。私から離れたいという意見は却下です」

「離れられるか。こんなに好きなのに」

何度も愛をささやかれてくすぐったい。けれど、ずっと欲しかった言葉が聞けて、このひとときが永遠に続いてほしいと願うほどだ。

「久しぶりに、梢の淹れたお茶をいただいてもいい？」

「はい。冷めたから淹れ直しますね」

「せっかくだからこれも飲むよ」

彼はテーブルの上の湯呑に手を伸ばす。

「あれっ。梢のお茶、色が違う」

「私は黒豆茶にしたんです。カフェインを取りすぎてはまずいので……」

健人さんは湯呑を口まで運んだものの、飲む前に動かなくなる。

「カフェインって……」

そういえば、あかねさんの件があって大切なことを伝え忘れていた。

「赤ちゃんが……キャッ」

妊娠を告白した瞬間、すさまじい勢いで抱きしめられて目をぱちくりさせる。

「ごめん。お茶こぼれた」

「ふふっ。少しだから大丈夫」

彼は湯呑をテーブルに戻して、私をまっすぐに見つめる。その瞳が少し潤んでいるように感じるのは気のせいだろうか。

「そうだったのか……赤ちゃん。ありがとう、梢。俺、こんなに幸せでいいのかな」

健人さんは、感慨深く言う。

「いいに決まってます。でも、この子と三人でもっと幸せになるんです」

「そうだな」

健人さんのこれほど優しい笑みを見たのは初めてだ。彼は私のお腹に手を置き、耳をぴたりとつける。

「動いてる？」

「あはっ。動くのはまだ先ですよ」

「そうか。おーい、パパだぞ。元気に生まれてこいよ」

早くも親ばかぶりを発揮する健人さんに笑みがこぼれる。

この子に、愛ある家庭を経験させてあげられそうでよかった。

もう二度と自分の気持ちを殺して妥協したりしない。健人さんとこの子との幸せを貪欲に求めていく。

「男の子かな。女の子かな」

「まだわかりませんよ。健人さんはどっちがいいですか？」

「どっちでも大歓迎。俺と梢の子が生まれてくるんだぞ。性別なんて関係ない。でも、梢に似たかわいい女の子だったら、家に監禁しそう、俺」

とんでもない発言に噴き出してしまう。

「嫌われますよ?」

「それは絶対に避けないと。いや、でもな……」

頬を緩めたり、眉間にしわを刻んだり。表情をくるくる変える彼がおかしい。

どっしりと構えて冷静沈着。少々のことでは顔色ひとつ変えないという印象しかなかったのに、こんな百面相もするんだ。

そういえば、新見さんがサイボーグだったと話していた。もし私の存在が彼の心を解放したのだとしたら、すごく光栄だ。

「梢」

優しく名を呼んだ彼は、私を軽々と抱き上げて自分の膝にまたがらせる。そして頭を引き寄せ、額をこつんと当てた。

「この子に愛を注ぐ前に、梢にたっぷり注がないとな。溺れるなよ」

そうささやいた彼は、私を引き寄せて唇を重ねた。

エピローグ

「蒼真(そうま)、こっちだよ」

私が呼ぶと、広い芝生広場を危なっかしい足取りでよたよたと歩いてくる蒼真は、もうすぐ一歳半。

「ママ、ママ」

にこにこ笑みを浮かべて、私を求めてくれるのが幸せだ。

私のうしろには立派な一眼レフカメラを構えたカメラマンがおり、先ほどからカシャカシャと音を立てている。

「おっ、頑張ってるな。蒼真、ここだ」

私の隣にやってきて手を広げるのは、すっかり表情が豊かになった健人さんだ。

「もう少し、あと三歩」

私たちのところまで無事に到達した蒼真は、手を広げた健人さんではなく、私の胸に一直線に飛び込んできた。

「負けた……」

「ふふっ。私のほうが一緒にいる時間が長いから仕方ないですよ」

私は無事に蒼真を産んだあと、しばらく育児休暇をもらったものの、花月茶園に復帰して働いている。

蒼真は忠男さんたち従業員からもすこぶるかわいがられており、まったく人見知りをしない。それならと、長野のリゾートのパンフレット撮影に挑戦したのだ。

家族総出で楽しめるリゾートを目指して開発してきた健人さんは、蒼真がお腹に宿ったとわかったあと、育児のあれこれを必死に学び、小さな子連れでも気兼ねなく来られるような場所を作り出した。

広大な敷地にはアスレチックなどの遊具も完備してあり、夏は水遊びできる場所を確保してある。ホテルには温泉を引き、大人もくつろげる場を提供する予定だ。

冬はスキーやスノーボードを楽しめるのはもちろんのこと、子供たちを預かり、雪合戦をしたり雪だるまを作ったりできる託児所の役割を兼ねた雪遊び教室なるものを計画していて、早くも話題になっているのだとか。

一年のうちの短い期間、スキーしか楽しめなかったこの場所が、一年を通して楽しめる場所に生まれ変わろうとしている。

健人さんと新見さんがこだわり、勇太さんの願いを叶えたホスピスも一番景色のいい場所に完成しており、ひと足早く開業した。その隣には、患者さんの家族が格安で滞在できる施設もある。

最期は自然豊かな場所でのんびりと過ごして心も休めたいと望む患者さんも多いようだ。

余命宣告をされた患者さんの心中を思うと胸が痛むけれど、少しでも穏やかな気持ちになってほしい。

そのホスピスでも希望すれば食べられるという、エール・ダンジュの抹茶のテリーヌは、ここでしか食べられないとあって話題沸騰。カフェの開店前だというのにひっきりなしに問い合わせが入り、その対応が大変なのだとか。

花月茶園が総力を挙げて作り上げた抹茶がパティシエの舌をうならせ、見事採用となった。

須藤社長の奥さまの実家である『千歳』の和菓子も並ぶ予定で、もちろん花月茶園の煎茶でおもてなしをすることになっている。

健人さんと相談して、夏は氷出しにした緑茶を提供することに決まった。お湯で淹れたものより渋みが抑えられてまろやかに仕上がるため、飲みやすいのが特徴だ。ビタミンCが豊富で、疲労回復や肌トラブルの改善にもひと役買ってくれるので、強い日差しのもと子供とたっぷり遊んだママにぜひ飲んでもらいたい一品でもある。

健人さんは初顔合わせのとき、『このプロジェクトのためなら、どんなことでもするつもりだ。梢も使わせてもらう』と冷たく言い放ったが、その言葉通りたくさん使われた。もちろん悪い意味ではなく、お茶に関するプレゼンテーションをすべて任せてくれたのだ。

コンフォートリゾートの大会議室での説明は、心臓が口から出てきそうなほど緊張したし、鋭い質問が飛んできたときは冷や汗が噴き出したけれど、とてもよい経験になった。

エール・ダンジュの商品開発の打ち合わせにも同行し、製茶業者として忌憚(きたん)なき意見を述べさせてもらった。それも、絶対に妥協しないという強い信念が、パティシエや健人さんにあったからだ。

私の力は微々たるものだけれど、そうやって参加させてもらえたことで、長野のリゾートに対する愛着がぐんと増した。そして、着々と理想のリゾート地ができあがっていく様子を間近で見られて、とにかく楽しかった。

「どうですか？」

健人さんがカメラマンと一緒にカメラの画面を覗き込みながら尋ねる。

「いやぁ、息子さん最高の被写体ですよ。とにかく笑顔がかわいいし、終始ご機嫌だし」

「やっぱり、かわいいですよね」

謙遜など少しもせず、したり顔で蒼真を自慢する健人さんが微笑ましい。

「ご機嫌なのは、今だけかもしれないですけど。な、蒼真」

蒼真に話しかける健人さんが苦笑しているのは、蒼真がかなりの泣き虫だからだ。

外に出かけると愛くるしい笑顔を振りまくのだが、家にいるのはつまらないらしく、泣いてばかりいる。泣きすぎて頬の毛細血管が切れ、真っ赤になってしまったことがあるほどだ。

おそらく、どこまでも続く空の下で走り回るのが好きなのだろう。

付き合う私や健人さんが大変なのだが、それも今のうちかなと思いながら、休みのたびに公園に足を運んでいる。

そんな蒼真のために、近々マンションから神木家が所有する一軒家に引っ越す予定だ。会社が遠くなる健人さんは大変だけれど、広い庭もあり、やんちゃな蒼真を育てるのには最適な環境なのだ。

「この写真なんて、モデル顔負けだ。あっ、子供モデルいかがですか？　紹介しますよ」

　カメラマンが言うも、健人さんは首を横に振る。

「この子がやりたいと言えばやらせますけど、好きなことを探求してほしいので、親から押しつけたくないんです。今日は遊びの延長線上ということで、特別です」

　健人さんが跡取りを望んでいるというのは、伯父の嘘だった。

　彼の背中を見て育った蒼真が会社を継ぎたいという志を持ち、なおかつ、それだけの実力を身につけたら実現するだろう。けれど健人さんは、蒼真を縛るつもりはないらしい。

　健人さんは、親友の死を経験し、約束を果たすためにこの道に進んで奮闘してきた。しかし、その道のりは決して平坦ではなく、新見さんが『健人はすごい。俺は真似できない』と認めるほど努力を重ねてきて今がある。

　だからこそ、無理やり押しつけられてやれるものではないと思っているようだ。

　私も同様で、蒼真が希望しない限り花月茶園を継がせるつもりはない。祖父の信念を継ぐ従業員はほかにもいるし、やっぱり蒼真を縛りたくないのだ。

　健人さんも仕事は終わったようで、撮影のあとは家族水入らずではしゃいだ。芝生の坂をそりで滑る芝そりに、蒼真を抱えた健人さんが挑戦し始めた。

「蒼真、行くぞ」

「あーあー」

私の前を滑り降りていく蒼真が、目を大きく開いて声にならない声をあげるので焦る。

もしかしたら怖かったのかもしれないとふたりを追いかけると、停止した場所で健人さんが蒼真を抱いていた。

「蒼真、怖かったのね」

蒼真を受け取ろうとすると、不意に顔を上げた蒼真が見たことがないほど弾けた笑みを浮かべているので、ひどく驚く。

「まったく平気みたいだ。止まったら怒ってた」

もしかして、興奮の雄叫び(おたけび)だったの？

「あはは。蒼真はパパ似ね。肝(きも)が据わってる」

これまでも、責任ある立場で何千億もの資金を動かし事業を成功させてきた健人さんは、並大抵の神経の持ち主ではない。財界の帝王と呼ばれるだけのことはある。

少しも焦りを見せず、危なげなく数々のプロジェクトを率いてきた彼にお父さまも一目置いているようで、近い将来社長に就任すること間違いなしのようだ。

「根性があるところはママに似てるぞ」

「なんかそれ、かわいくない」

反論すると、健人さんは白い歯を見せた。

蒼真はさすがに疲れたのかこくりこくりし始めたため、芝生の上に川の字で寝転ぶ。

健人さんが蒼真の頭を撫でていたら、すぐに眠りに落ちた。

「幸せだな、梢」

「はい、とっても」

私が望んだ未来と、健人さんが欲しかった明日が、ここにすべて詰まっている。

健人さんは私のほうに顔を向けて微笑んだあと、晴れ渡る空を見上げて口を開く。

「勇太。元気にしてるか？　俺の宝物の家族を自慢しに来た。これからも見守ってろよ」

空の上の勇太さんに話しかける健人さんは、とても柔らかい表情をしている。

彼はふと私に視線を向けると、蒼真を越えて唇を重ねた。

「ちょっ……。蒼真、起きちゃう」

「ちょっと託児するか」

「託児？」

「そう。さっき託児所覗いたら、スタッフの研修やってた。で、お子さん預かりますよって」

託児所も健人さんの提案で併設されることになった。もちろん、子供だけでなくパパやママにもくつろいでほしいからだ。

「そっか。預けたあと、どうするの？」

「そんなの決まってるだろ」

彼は妙に艶やかな目で私を見つめ、大きな手でそっと頬を包み込んでくる。

「梢と愛を深め合うんだ」

「えっ……」

今日はオープン前のグランディスに宿泊させてもらう予定だけれど、新見さんやほかのスタッフもいるはずなのに。

「ちょっと声は控えめにな」

「冗談よね……」

私が慌てふためいている間に、健人さんはまったく起きそうにない蒼真を抱き上げて歩き始める。

「おいで」

片手で軽々と蒼真を抱いた彼は、結婚指輪の光る左手を私に差し出してくる。

その手に手を重ねると、強い力で引かれて隣に並ぶ。それだけで満足そうに微笑む彼は、私の耳元で口を開いた。

「逃がさないぞ。どこに逃げても必ず捕まえてやる。俺の愛をなめるな」

少し意地悪な笑みを浮かべた彼は、私に優しいキスを落とした。

END

あとがき

ベリーズ文庫「大富豪シリーズ」第三弾をお手に取ってくださり、ありがとうございました。お楽しみいただけましたでしょうか。

私はモルディブへの渡航経験はありませんが、いろいろ調べていたら海の美しさに魅了されました。だからといって、行こう！とはならない引きこもりなのですが……。とはいえ以前、グアムでたくさんの熱帯魚に出会ったことはあります。潜らずとも膝くらいまで水に浸かれば見えて、とても感動しました。海洋リゾートへの旅行の機会がある方は、ぜひ楽しんでくださいね。

さてさて、前作の『失恋婚!?～エリート外交官はいつわりの妻を離さない～』では、弟の雅也がヒーローでしたが、兄がいるというエピソードをちらりと出しましたら、気にしてくださる読者さまがいらっしゃいました。今作はその兄編でした。雅也は帰国直後に、これまた運命的な出会いをしますので、この頃の神木家は祝いごとだらけです。めでたい。

せっかく出会えたのに、いろんなしがらみに縛られて遠回りしたふたりですが、宝物を授かり順風満帆。チャレンジを続ける彼らには、間違いなく幸せな未来が待っていることでしょう。

今回、ホスピスを出しましたが、私が理想とするホスピスです。以前、突然の病であと数時間……と宣告された方の耳に届く距離で配慮のない言葉を吐く人がいて、遠ざけたことがあるのですが、旅立つときは穏やかな気持ちでいたいのです。誰か造ってほしい……。

そういえば、ふたりの愛息子が泣き虫で、頬の毛細血管が切れて真っ赤になったというエピソードがありますが、我が家の実話です。赤い頬を見て、なにかの病気ではないかと不安いっぱいで病院に駆け込んだら、「泣きすぎです」で診察終了。たしかによく泣くわ……と納得した覚えが。今では笑い話ですが、あのときは本当に焦ったんですよ。ちびっこの子育て真っただ中の皆さま、思わぬことがたくさんあってあたふたするかもしれませんが、皆そうです。健人と梢もそうでしょう。肩の力を抜くのはなかなか難しいですが、ゆっくり頑張りましょうね。

佐倉伊織（さくらいおり）

佐倉伊織先生への
ファンレターのあて先

〒104-0031
東京都中央区京橋1-3-1
八重洲口大栄ビル7F
スターツ出版株式会社　書籍編集部　気付

佐倉伊織先生

本書へのご意見をお聞かせください

お買い上げいただき、ありがとうございます。
今後の編集の参考にさせていただきますので、
アンケートにお答えいただければ幸いです。

下記URLまたは二次元コードから
アンケートページへお入りください。
https://www.ozmall.co.jp/enquete/IndexTalkappi.aspx?id=2301

財界帝王は逃げ出した政略妻を
猛愛で満たし尽くす
【大富豪シリーズ】

2024年11月10日　初版第1刷発行

著　者　佐倉伊織
©Iori Sakura 2024

発行人　菊地修一

デザイン　hive & co.,ltd.

校　正　株式会社文字工房燦光

発行所　スターツ出版株式会社
〒104-0031
東京都中央区京橋1-3-1　八重洲口大栄ビル7F
TEL　03-6202-0386（出版マーケティンググループ）
TEL　050-5538-5679（書店様向けご注文専用ダイヤル）
URL　https://starts-pub.jp/

印刷所　大日本印刷株式会社

Printed in Japan

ISBN 978-4-8137-1657-0　C0193

ベリーズ文庫 2024年11月発売

『財界帝王は逃げ出した政略妻を猛愛で満たし尽くす【大富豪シリーズ】』佐倉伊織・著

政略結婚を控えた梢は、ひとり訪れたモルディブでリゾート開発企業で働く神木と出会い、情熱的な一夜を過ごす。彼への思いを胸に秘めつつ婚約者との顔合わせに臨むと、そこに現れたのは神木本人で…!? 愛のない政略結婚のはずが、心惹かれた彼との予想外の新婚生活に、梢は戸惑いを隠しきれず…。

ISBN 978-4-8137-1657-0／定価770円（本体700円＋税10%）

『一途な海上自衛官は溺愛ママを内緒のベビーごと包み娶る』田崎くるみ・著

有名な華道家元の娘である清花は、カフェで知り合った海上自衛官の昴と急接近。昴との子供を身ごもるが、彼は長期間連絡が取れず、さらには両親に勘当されてしまう。その後ひとりで産み育てていたところ、突如昴が現れて…。「ずっと君を愛してる」熱を孕んだ彼の視線に清花は再び心を溶かされていき…！

ISBN 978-4-8137-1658-7／定価781円（本体710円＋税10%）

『鉄壁の女は清く正しく働きたい！なのに、敏腕社長が仕事中も溺愛してきます』高田ちさき・著

ド真面目でカタブツなOL沙央莉は社内で“鉄壁の女”と呼ばれている。ひょんなことから社長・大翔の元で働くことになるも、毎日振り回されてばかり！ ついには愛に目覚めた彼の溺愛猛攻が始まって…!? 自分じゃ釣り合わないと拒否する沙央莉だが「全部俺のものにする」と大翔の独占欲に翻弄されていき…！

ISBN 978-4-8137-1659-4／定価781円（本体710円＋税10%）

『冷徹無慈悲なCEOは新妻にご執心～この度、夫婦になりました。ただし、お仕事として！～』一ノ瀬千景・著

会社員の咲穂は世界的なCEO・櫂が率いるプロジェクトで働くことに。憧れの仕事ができると喜びも束の間、冷徹無慈悲で超毒舌な櫂に振り回されっぱなしの日々。しかも櫂とひょんなことからビジネス婚をせざるを得なくなり…!? 建前だけの結婚のはずが「誰にも譲れない」となぜか櫂の独占欲が溢れだし!?

ISBN 978-4-8137-1660-0／定価781円（本体710円＋税10%）

『姉の身代わりでお見合いしたら、激甘CEOの執着愛に火がつきました』宇佐木・著

百貨店勤務の幸は姉を守るため身代わりでお見合いに行くことに。相手として現れたのは以前海外で助けてくれた京。明らかに雲の上の存在そうな彼に怖気づき逃げるように去るも、彼は幸の会社の新しいCEOだった！ 「俺に夢中にさせる」なぜか溺愛全開で迫ってくる京に、幸は身も心も溶かされて――!?

ISBN 978-4-8137-1661-7／定価781円（本体710円＋税10%）

ベリーズ文庫 2024年11月発売

『熱情を秘めた心臓外科医は引き裂かれた許嫁を激愛で取り戻す』 立花実咲（たちばな みさき）・著

持病のため病院にかかる架純。クールながらも誠実な主治医・理人に想いを寄せていたが、彼は数年前、ワケあって破談になった元許嫁だった。ある日、彼に縁談があると知りいよいよ恋を諦めようとした矢先、縁談を避けたいと言う彼から婚約者のふりを頼まれ!?　偽婚約生活が始まるも、なぜか溺愛が始まって!?

ISBN 978-4-8137-1662-4／定価770円（本体700円＋税10%）

『悪い男の極上愛【ベリーズ文庫溺愛アンソロジー】』

〈悪い男×溺愛〉がテーマの極上恋愛アンソロジー！　黒い噂の絶えない経営者、因縁の弁護士、宿敵の不動産会社・副社長、悪名高き外交官…彼らは「悪い男」のはずが、実は…。真実が露わになった先には予想外の溺愛が!?　砂川雨路による書き下ろし新作に、コンテスト受賞作品を加えた4作品を収録！

ISBN 978-4-8137-1663-1／定価792円（本体720円＋税10%）

ベリーズ文庫 2024年12月発売予定

Now Printing

『タイトル未定(CEO×お見合い結婚)【大富豪シリーズ】』紅カオル・著

香奈は高校生の頃とあるパーティーで大学生の海里と出会う。以来、優秀で男らしい彼に惹かれてゆくが、ある一件により海里にフラれたと勘違いしてしまう。そのまま彼は急遽渡米することとなり――。9年後、偶然再会するとなんと海里からお見合いの申し入れが!? 彼の一途な熱情愛は高まるばかりで…!

ISBN 978-4-8137-1669-3／予価748円（本体680円＋税10%）

Now Printing

『タイトル未定(副社長×身代わり結婚)』若菜モモ・著

父亡きあと、ひとりで家業を切り盛りしていた優羽。ある日、生き別れた母から姉の代わりに大企業の御曹司・玲哉とのお見合いを相談される。ダメもとで向かうと予想外に即結婚が決定して!? クールで近寄りがたい玲哉。愛のない結婚生活になるかと思いきや、痺れるほど甘い溺愛を刻まれて…!

ISBN 978-4-8137-1670-9／予価748円（本体680円＋税10%）

Now Printing

『タイトル未定(パイロット×偽装夫婦)』未華空央・著

空港で働く真白はパイロット・遥がCAに絡まれているところを目撃。静かに立ち去ろうとした時、彼に捕まり「彼女と結婚する」と言われて!? そのまま半ば強引に妻のフリをすることになるが、クールな遥の甘やかな独占欲が徐々に昂って…。「俺のものにしたい」ありったけの溺愛を刻み込まれ…!

ISBN 978-4-8137-1671-6／予価748円（本体680円＋税10%）

Now Printing

『タイトル未定(御曹司×契約結婚×離婚)』惣領莉沙・著

亡き父の遺した食堂で働く里穂。ある日常連客で妹の上司でもある御曹司・蒼真から突然求婚される! 執拗な見合い話から逃れたい彼は1年限定の結婚を持ち掛けた。妹にこれ以上心配をかけたくないと契約妻になった里穂だったが――「誰にも見せずに独り占めしたい」蒼真の容赦ない溺愛が溢れ出して…!?

ISBN 978-4-8137-1672-3／予価748円（本体680円＋税10%）

Now Printing

『タイトル未定(御曹司×契約結婚)』きたみまゆ・著

日本料理店を営む穂香は、あるきっかけで御曹司の悠希と同居を始める。悠希に惹かれていく穂香だが、ある日父親から「穂香との結婚を条件に知り合いが店の融資をしてくれる」との連絡が。父のためにとお見合いに向かうと、そこに悠希が現れて!? しかも彼の溺愛猛攻は止まらず、甘さを増すばかりで…!

ISBN 978-4-8137-1673-0／予価748円（本体680円＋税10%）

タイトル、価格等は変更になることがございますのでご了承ください。

ベリーズ文庫 2024年12月発売予定

Now Printing

『エリート警視正は愛しい花と愛の証を二度と離さない』森野(もりの)りも・著

花屋で働く佳純。密かに思いを寄せていた常連客のクールな警視正・瞬と交際が始まり幸せな日々を送っていた。そんなある日、とある女性に彼と別れるよう脅される。同じ頃に妊娠が発覚するも、やむをえず彼との別れを決意。数年後、一人で子育てに奮闘していると瞬が現れる！　熱い溺愛にベビーごと包まれて…！

ISBN 978-4-8137-1674-7／予価748円（本体680円＋税10%）

Now Printing

『復讐の果て～エリート外科医は最愛の元妻と娘をあきらめない～』白亜凛(はくありん)・著

総合病院の娘である莉子は、外科医の啓介と政略結婚をし、順調な日々を送っていた。しかしある日、莉子の前に啓介の本命と名乗る女性が現れる。啓介との離婚を決めた莉子は彼との子を極秘出産し、「別の人との子を産んだ」と嘘の理由で別れを告げるが、啓介の独占欲に火をつけてしまい――!?

ISBN 978-4-8137-1675-4／予価748円（本体680円＋税10%）

Now Printing

『このたびエリート（だけど難あり）魔法騎士様のお世話係になりました。』瑞希(みずき)ちこ・著

出稼ぎ令嬢のフィリスは、世話焼きな性格を買われ超優秀だが性格にやや難ありの魔法騎士・リベルトの専属侍女として働くことに！　冷たい態度だった彼とも徐々に打ち解けてひと安心…と思ったら「一生俺のそばにいてくれ」――いつの間にか彼の重めな独占欲に火をつけてしまい、溺愛猛攻が始まって!?

ISBN 978-4-8137-1676-1／予価748円（本体680円＋税10%）

タイトル、価格等は変更になることがございますのでご了承ください。